マークス社（1969年）

Marks & Co booksellers, 84 Charing Cross Road, London, 1969/Alec Bolton
National Library of Australia　nla.obj-136441433

中公文庫

チャリング・クロス街84番地

増補版

ヘレーン・ハンフ 編著
江藤　淳 訳

中央公論新社

目次

チャリング・クロス街84番地

増補版

マークス社御中

貴社では絶版本を専門に扱っておいでの由(よし)、『サタデー・レビュー』紙上の広告で拝見いたしました。私は〝古書〟というとすぐ高いものと考えてしまうものですから、「古書専門店」という名前に少々おじけづいております。私は貧乏作家で、古本好きなのですが、ほしい書物を当地で求めようといたしますと、非常に高価な稀覯本(きこうぼん)か、あるいは学生さんたちの書込みのある、バーンズ・アンド・ノーブル社版の手あかにまみれた古本しか手にはいらないのです。

今すぐにもほしい書籍のリストを同封いたします。このリストに載っておりますもののうち、どの本でも結構ですから、よごれていない古書の在庫がございましたら、お送りくださいませんでしょうか。ただし、一冊につき五ドルを越えないものにしてくださいさい。この手紙をもって注文書に代えさせていただきます。

かしこ

一九四九年十月五日

ニューヨーク　東九五丁目一四番地

ヘレーン・ハンフ（ミス）

イギリス　ロンドン　西中央二　チャリング・クロス街八四番地

マークス社　あて

マダム

十月五日付のご書状にお答え申しあげます。当方といたしましては、ご要望の書籍の三分の二はどうにかそろえました。ハズリット[*1]の随想三編は、ナンサッチ・プレス版『ハズリット随想選』にはいっておりますし、スチーブンソン[*2]は『愚談録（ビルジニブス・プエリスクエ）』に収められております。ともにきれいな本を、送り状同封のうえ、書籍小包にてご送付申しあげます。いずれ無事お手もとに届き、ご満足いただけるものと確信いたしております。

リー・ハント[*3]の評論集はたやすくは手にはいらないでしょうが、ひとつ、全編収録のすばらしい美装本を手に入れるべく努力いたす所存にございます。お申越しのラテン語の聖書はただいま当社に持ち合せがございませんが、ラテン語およびギリシャ語の新約聖書ならございます。どちらもクロス装丁の書籍で、近年出版されました普及版です。それでよろしければ、お送り申しあげます。

敬具

一九四九年十月二十五日

ロンドン　西中央二　チャリング・クロス街八四番地

古書専門店　マークス社　内

FPD

アメリカ　ニューヨーク州　ニューヨーク　二八区

東九五丁目一四番地

ヘレーン・ハンフ　あて

1　ウィリアム・ハズリット（一七七八―一八三〇）。イギリスの批評家。『円卓』『卓上談』『直言集』などの生活体験の種々相を語る随想集は幅の広い趣味をいかんなく表わしている。

2　ロバート・ルイス・スチーブンソン（一八五〇―九四）。イギリスの小説家、詩人。

『宝島』『ジキル博士とハイド氏』等の著作で名高い。

3　リー・ハント（一七八四―一八五九）。イギリスの詩人、批評家。詩集『詩人の饗宴』『緑葉集』等を発表、当時の新しい文学活動の中心人物だった。

マークス社御中

書籍二冊、まさに落手いたしました。スチーブンソンの本はあまりりっぱなので、みかん箱を積み重ねて作った私の本箱に入れるのはおもはゆいようです。手ざわりのよい装丁といい、しぶいクリーム色の紙といい、手を触れるのがこわいようです。アメリカの書籍のまっ白な紙と堅い厚紙の表紙に慣れてしまっているせいか、本を手にしたとき、これほどの喜びを感ずるなんて、これまで知りませんでした。

私のアパートの階上(うえ)に住んでいる女性の恋人はイギリス人で、その方が一ポンド一七シリング六ペンス[*1]をドルに換算してくださり、私は書籍二冊分の代金として五ドル三〇セントをお支払いすることになるのだそうです。計算にまちがいがなければよいのですが――五ドル札と一ドル札を同封いたします。ギリシャ語とラテン語の新約聖書は二冊ともいただきたいので、おつりの七〇セントはそのお値段の一部にお当てくださいますよう。

これからは、請求金額をドルに換算してお知らせ願えないでしょうか。自分の国のお金の簡単な計算さえ満足にできないのに、ポンドからドルへの換算などとうてい覚えられそうもありませんので。

かしこ

ヘレーン・ハンフ

一九四九年十一月三日

先日のお手紙の書きだしにあった〝マダム〟なる言い方が、御地と当地とで、意味の違いますことを願ってやみません。

1　当時のイギリスの貨幣単位は、ポンド、シリング、ペンスで、一ポンドは二〇シリング、一シリングは一二ペンス。そのころの一ポンドは、約二・八ドルだった。

ハンフ様

ご送付くださいました六ドルまさに拝受つかまつりましたが、今後は郵便為替(かわせ)にてご送金賜わらば、そちら様はもとより、私どもにとりましても、現金を封入なさるよりはずっと安心かと存じます。

スチーブンソンの書籍がたいそうお気に召しましたそうで、当方といたしましても喜びにたえません。新約聖書二冊、お送り申しあげました。ご送金いただきます金額をポンドとドルの双方にて記しました送り状が同封してございます。二冊ともお気に召しますことを願ってやみません。

敬具

一九四九年十一月九日

マークス社　内
FPD

コンナモノハインチキぷろてすたんとノ新約聖書デス。

イギリス国教会の方々は、この世で最も美しい散文を、だいなしにしてしまいましたね。このことをあの方たちにちょっとお知らせ願えませんでしょうか。いったいだれの命令で、ラテン語訳の『ブルガタ聖書』[*1]をへたにいじくりまわしてしまったのでしょう。よくお聞きください、イギリス国教会の方々は火あぶりの刑に処せられてしかるべきです。

と言っても、私自身はなんの痛痒も感じません。私はユダヤ教徒ですから。でも、カトリック教徒とメソジスト教徒の二人の義理の姉も、長老教会派に属しているたくさんのいとこたちも（大叔父のエイブラハムがユダヤ教から改宗したからです）、クリスチャン・サイエンスの信者で信仰療法を行なっている叔母にしましても、こんなラテン語の聖書があることを知ったら、だれ一人としてよい気持ちはしないはずです（でも、たまたま、この連中はラテン語がまだ通用していることを知らないのです）。

まったく、こんな聖書なんてどうにでもなりやがれ……ですわ。私がこれまで使っていたブルガタ聖書は、ラテン語の先生から拝借したものですが、そちらで私に一冊見つけてくださるまでは、お返ししないことにしました。

未払いの三ドル八八セントの代金として、四ドル同封いたします。残りの一二セントはコーヒーでもお飲みください。私の家の近くには郵便局がありませんので、三ドル八八セントの郵便為替を組むためには、ずっと離れたロックフェラー広場（プラザ）まで走っていって、行列しなければなりません。ところが、ロックフェラー広場へ行くついでができるまで待っていると、三ドル八八セントのお金はいつの間にかなくなってしまいそうです。ですから私は、アメリカの航空便と大英帝国の郵便業務とを無条件に信頼することにいたしました。

ランドー[*2]の『空想会談』のお手持ちはありませんか？　数巻あったように思いますが、私のほしいのはギリシャ人の対話のはいったものです。イソップとロドピ[*3]の対話が収められているのが、私のほしい巻です。

一九四九年十一月十八日

ヘレーン・ハンフ

1　聖ヒエロニムスが四世紀の終りごろ、在来のラテン語古訳を改訂した聖書で、一四五五年ごろに印刷された。印刷された聖書としてはこれが最初のもので、ローマ・カトリック教会の公認聖書。

2　ウォルター・サベッジ・ランドー（一七七五―一八六四）。イギリスの詩人、批評家。『空想会談』はその代表的散文作品。物語詩『クリセーオー』や『ギリシャ人』は彼の詩才を示す古典的な美しい作品集である。

3『空想会談』中の対話編。前六世紀ごろのギリシャの作家イソップと同時代にギリシャにいたと伝えられる、最も有名な娼婦（しょうふ）ロドピ（ギリシャ名はロドピス）との架空の対話を創作したもの。

ハンフ様

四ドル、確かに拝受、一二セントはそちら様の貸方勘定に記入させていただきました。

『ウォルター・サベッジ・ランドーの作品と生涯』の第二巻はたまたま在庫があり、ギリシャ人の対話も収められておりますし、もちろんお手紙にございましたものも、ちゃんとはいっておりますうえに、ローマ人の対話も収録されております。一八七六年刊の古い版でございますので、装丁は美しいというほどではありませんが、しっかりできており、よごれてもおりません。本日、送り状同封のうえ、ご送付申しあげます。

ラテン語の聖書では手違いをいたしましてまことに失礼いたしました。ブルガタ聖書は捜してみることにいたしましょう。リー・ハントも忘れているわけではございません。

敬具

一九四九年十一月二十六日

マークス社　内
ＦＰＤ

拝啓

（毎度同じ方が私のためにお骨折りくださっているのを万々承知のうえで、いつも〝マークス社御中〟ではいかにも芸がありませんから、こう書かせていただきます）

サベッジ・ランドー、安着いたしました。と、さっそく、ローマ人の対話のくだりがパラリと開きました。二つの都市が戦争のために破壊され、市民はローマの兵隊たちに一人残らず虐待されるので、通りすがりの兵隊たちに、苦しめるだけ苦しめて早くこの苦痛に終止符を打ってくれ、と懇願する個所です。イソップとロドピを読み直せば心が安らぐことでしょう。この話なら、飢餓だけに心を痛めていればすみますもの。私が古本の中でも特に好きなのは、前に持っていた方がいちばん愛読なさったページのところが自然にパラッと開くような本なのです。ハズリットの本が着いたとき、おのずから開いたページにはこう書いてありました。「私は新刊書を読むのが大きらいである」この本が以前どなたの所有になるものだったかは知る由もありませんが、その方に向かって私は、「同志よ！」と叫んだものです。

一ドル同封いたします。ブライアンさん（階上に住んでいるキャサリンさんの恋人でイギリス人です）に伺ったら、お借りしている八シリングもそれでお返しできるのだそうです。今回はドルに換算してくださるの、お忘れになりましたわね。

ところで、そのブライアンさんのお話ですと、お国では食糧が配給制で、肉は一週間に一世帯当り六〇グラム足らず、卵は一カ月に一人当て一個なのだそうですね。ほんとうに、びっくりしました。ブライアンさんは当地にありますイギリス商社のカタログを持っていらっしゃって、デンマークからイギリスのお母様に食料品を航空便で送らせています。私もマークス社のみなさんにささやかながらクリスマス・プレゼントを送らせていただきます。みなさんに行きわたるだけありますよう願っております。ブライアンさんのお話では、チャリング・クロス街の本屋さんはみな〝とっても小さい〟とのことですので。

その小包、とにかくＦＰＤ様気付にてお送りいたします。どなた様かいまだ存じあげませんけれどね。

よいクリスマスをお迎えください。

一九四九年十二月八日

ヘレーン・ハンフ

FPDさん！　たいへんよ！

例の小包、お送りしました。中身はおもにハムで、三キロばかりはいっています。お肉屋さんに持っていって薄く切ってもらえば、みなさんが少しずつお家へお持ち帰りになれると思いましたの。

ところが、たった今気がついたのですが、せんだっての送り状に「B・マークス、M・コーエン」共同経営となっているではありませんか。**この方たち、ユダヤ教の戒律にきびしい方ですか**？　もしそうでしたら、牛の舌肉(タン)でも急ぎお送りすることもできますが。

ご意見お聞かせください！

一九四九年十二月九日

ヘレーン・ハンフ

ハンフ様

ご送付賜わりました小包、本日無事来着いたし、ご恵与の品々、社員一同にてありがたく配分させていただきました。その旨、一筆お知らせ申しあげます。〝おえら方〟のマークス氏ならびにコーエン氏は堅く辞退され、私どもの間だけで分けるようにと言われました。ちょっと申し添えますが、小包の中の品々はどれもみな、私どもの目に触れませんし、闇市(やみいち)ででもなければ絶対に手にはいらないものばかりです。こんなふうに私どものことに気をつかってくださるご芳情まことにかたじけなく存じます。

社員一同つつしんで謝意を表すると同時に、来たる一九五〇年こそ、あなた様にとりましてよき年でありますよう心からお祈り申しあげます。

一九四九年十二月二十日

マークス社　内

フランク・ドエル

フランク・ドエルさん、あなたは何をなさっていらっしゃるのですか？　何もしていないのではないのですか？　ただすわり込んでいるだけなのでしょう。リー・ハントはどうなっていますか？『オックスフォード名詩選』[*1]は？『ブルガタ聖書』は？　そして私の大好きなおばかさんのジョン・ヘンリー[*2]は？　こういう本は四旬節（レント）に読んで精神を高揚させるのには絶好のものだと思って注文しましたのに、一冊も送ってくださらないではありませんか。

いつまでも何もしてくださらないので、私はじっとすわったまま図書館の本の余白に長々しい書込みばかりしています。こんなことをしていると、いつかは見つかって、閲覧券を没収されてしまうでしょう。私の本ではないのですもの。

復活祭のウサギに申しつけて、あなたのところへ卵を届けさせるよう手配いたしました。ウサちゃんがそちらへ着くころには、あなたは無為のあまり死んでいらっしゃるかもしれませんね。

春になりますので、恋愛詩集が一冊ほしいのです。キーツやシェリーのではいやです。甘ったるい言葉を使わないで恋の詩を書いている詩人の詩集を送ってくださいーーワイアット[*3]でもジョンソン[*4]でもだれのでもよいのです。あなたの判断にお任せします。きれいな本で、できればスラックスのポケットにつっ込んでセントラル・パークに持っていけるような、小さな本がいいわ。

さあ、すわってばかりいないで、捜しにいってくださいね。まったく、おたくのお店、よくそれでやっていけますわね。

一九五〇年三月二十五日

1　サー・アーサー・クイラー゠クーチ（一八六三―一九四四）が一九〇〇年に編んだ名詩選集。クイラー゠クーチは〝Q〟の筆名で知られた批評家、小説家。母校オックスフォード大学で古典文学を講じ、のちケンブリッジの詩学教授もつとめた。

2　ジョン・ヘンリー（一六九二―一七五六）。イギリスの雄弁家。故郷の学校で教鞭を執り、七カ国語の文法を著わした。のち、ロンドンに出て、日曜には原始キリスト教を説いて多数の聴衆を集めた。「エスタ」という詩作もある。

3　サー・トーマス・ワイアット（一五〇三？―四二）。イギリスの叙情詩人。ヘンリー八世に仕えてその寵(ちょう)を受けた。恋愛詩よりも風刺詩のほうがすぐれている。

4　ベン・ジョンソン（一五七二―一六三七）。イギリスの劇作家。当時一流の学者でもあり、多くの哀歌、恋愛詩も残している。

31　1950年4月7日

ハンフ様

まず、まっさきにお礼を申しあげねばなりません。復活祭の贈り物の小包、昨日まさに拝受いたしました。まことにありがとうございました。私たち一同、缶詰や卵のケースに大喜びしております。ご親切にもかくご配慮賜わりましたこと、私ども一同衷心より感謝いたしております。

ご希望の書籍、一冊もお送りできずじまいで、なんとも心苦しく思っております。恋愛詩集ですが、お申越しの手のものでしたら、ときどき入手いたします。ただいま在庫がありませんが、捜してさしあげられると思います。

小包、どうもありがとうございました。重ね重ねお礼申しあげます。

敬具

一九五〇年四月七日

マークス社　内

フランク・ドエル

ハンフ様

このお手紙さしあげますこと、どうかフランクさんにはないしょにしておいてください。

じつは私、いつもあなた様に請求書をお送り申しあげるときに、そっと短いメモなりを同封しておこうかと何度考えたかわかりませんの。でもそんな差し出がましいことをしたら、フランクさんはきっといい気持ちはなさらないだろうと思いまして、差しひかえておりましたのよ。

と申しますと、堅苦しい男性のように思われるかもしれませんが、フランクさんはほんとうにいい方、実際とてもやさしい方ですの。あなた様のお手紙や小包がみんなフランクさんあてになっているので、フランクさんのほうもあなたを一般の顧客というより、個人的な文通の相手と考えていらっしゃるようです。ですから、今まで差し出がましいことはひかえていたのですが、今日はちょっと個人的にお手紙をさしあげようと思いましたの。

私たちはみんな、あなた様のお手紙が大好きですし、あなた様がどんなお方なのかあれこれ想像しております。私としましては、あなた様はお若くて、とても洗練されていらして、スマートなご容姿のお方だと一人決めしております。ご年配のマーチンさんは、あなたにはすばらしいユーモアのセンスがおありだと認めつつも、きっとまったくの勉強家タイプのお嬢さんに違いないと思っていらっしゃいます。スナップ写真を一枚、お送りくださいませんこと？　私たちはみな、とてもお写真を見たいと思っておりますの。

フランクさんがどんなお方か興味がおありでしたら、ちょっとお教え申しあげましょう。フランクさんは年のころは三十代の後半、なかなかの好男子で、奥様はとってもかわいらしいアイルランド女性です。確か、二度めの奥様のはずです。

わが社ではみなさん、いただいた小包にたいへん感謝しております。私には五歳の娘と四歳のむすこがありますが、たいへんな喜びようでした。いただいた干しブドウと卵とで、ケーキらしいケーキを作ってやることができたのですもの。

このお手紙をさしあげました失礼をお許しくださいませ。このこと、フランクさんにはないしょにしておいてくださいますよう、くれぐれもお願い申しあげます。

かしこ

一九五〇年四月七日

セシリー・ファー

追伸――封筒の裏に自宅の住所を書いておきました。ロンドンからお送りできるものがございましたら、何なりとお申し付けくださいませ。

セシリー様

マーチンさんたら、ひどいわ。私、勉強ぎらいもいいところで、大学にさえ行ったことはありません。ただ、本に関しては妙な好みがあるだけなのです。一七歳のころ図書館で夢中になって読んだ、Qの名で知られるケンブリッジ大学の教授、クイラー＝クーチのせいで、こうなっちゃったのよ。

それに、あなたのおっしゃるスマートぶりにしたって、ブロードウェーにいる乞食さんと選ぶところがありゃしません。セーターもスラックスも虫食いだらけ。そのうえ、私の住んでいるアパートは、茶色っぽい砂岩づくりの五階建てで、日中は暖房なんてぜんぜんありませんの。このアパートの住人たちは、みんな九時には働きに出てしまい、六時までは帰ってきません。ですから、大家さんだって、地階の部屋で脚本を読んだり書いたりしている小娘のためにだけ暖房をしてくれるわけがないのです。

フランクさんにはいつも勝手なことをお願いしてばかりいて、ほんとうに申しわけなく思っております。あの方が本気にお取りになることがよくわかっているくせに、ついついからかってしまうのです。あの折り目正しいイギリス流の謙譲の美徳とやらを、ついチクリとやってみたくなるのです。あの方が胃潰瘍(いかいよう)にでもなったら、きっと私のせいですわ。

お手紙ください。そして、ロンドンのこと、いろいろ教えてくださいね。大西洋航路の船に接続する汽車に乗っていって、私自身の足でロンドンの古色蒼然(そうぜん)とした石畳の歩道を歩く日を楽しみにしております。バークレー広場を横切ってウィンポール通りに出、ジョン・ダンが[*1]説教したセント・ポール寺院の内陣にたたずみ、エリザベス一世が[*2]ロンドン塔に押し込められるのを拒んですわり込んだ石段に腰をおろしたり、いろいろしてみたいわ。

戦時中ロンドン駐在だった知合いの新聞記者氏が言ってましたけど、ロンドンに観光に行くなら、あらかじめ計画をたてていけば、見たいと思うものが必ず見られるのですって。私、イギリス文学のイギリスが見てみたいと言いましたら、彼、「だったら、必ず見られる」って言ってましたわ。

みなみな様によろしく。

一九五〇年四月十日　　　　　　　　　　　　ヘレーン・ハンフ

1　ジョン・ダン（一五七二―一六三一）。イギリスの宗教家、形而上派の詩人。九六年から七年にかけて対スペイン戦争に参加、のち、トーマス・エジャトン卿の秘書となった。一六〇一年、エジャトン卿夫人の姪アン・モアと内密で結婚したことが発覚してロンドン塔に幽閉されたが、のち許されて、一六二一年からはセント・ポール寺院の司祭長をつとめ、名説教をうたわれた。若いころの恋愛詩と、晩年の宗教詩とで、きわめて独創的な新生面をひらいた。

2　エリザベス一世（一五三三―一六〇三）。イギリスの女王。いわゆるエリザベス朝を築いた。異母姉メリー女王の死後即位し、姉の反動として、プロテスタントを奉じ、のち、イギリス国教会の確立を図った。

ハンフ様

長らくごぶさたいたしております。ご希望の書物の数々、けっして忘れているわけではございません。なにとぞお許しください。

それはともかく、当社にはただ今、『オックスフォード名詩選』の在庫があります。用紙はインディアン・ペーパー、ブルーのクロス装丁は一九〇五年刊行当時のままのもので、見返しに献呈の署名がインクで書かれておりますが、程度のよい古書で、お値段は二ドルです。すでにお買い求めになっておられるといけませんので、お送りする前にひと言お知らせしたほうがよいのではないかと考えました次第です。

いつでしたか、ニューマン[*1]の『大学論』のことをお問合せいただいたことがございましたね。その初版本にご関心がおありになりませんでしょうか？　当社で今しがた求めたばかりでございます。以下に詳しくご説明申しあげましょう。

ニューマン（ジョン・ヘンリー、神学博士）ダブリンのカトリック教徒に聞かせた、大学教育の範囲と本質についての講演。第一版、第八巻、子牛革とじ。一八五二年、ダブリンで刊行。数ページ古びたしみおよびよごれはあるが、堅牢な装丁の程度のよい古書。値段は六ドル。

ご入用のこともあるかと存じまして、とっておくことにいたします。いつなりとご返事賜わりたく。

敬具

一九五〇年九月二十日

マークス社　内

フランク・ドエル

1　ジョン・ヘンリー・ニューマン（一八〇一―九〇）。イギリスの神学者。ダブリンに新設されたカトリック大学学長となり、有名な『大学論』（五二年）を講演した。ほかに『わが生涯の弁明』『キリスト教理性の発達』等の著書がある。

ニューマンの『大学論』の初版本が六ドルであります。ご入用ですか、ですって、今さら。のんきなものだわ、まったく。

フランク様

もちろん、頂戴いたします。手に入れなければ、いても立ってもいられないくらいです。初版本というものにはまるっきり関心がありませんけれど、あの本なら話は別です！

ああ、

早く見たいわ。

『オックスフォード名詩選』もいっしょに送ってくださいね。私がどこかほかのところで何かいい本を見つけたんじゃないかなんて、けっして思わないでください。もうよそでは捜しっこないのです。タイプライターの前を離れずに、あなたのところからよごれていない美しい本が買えるというのに、はるばる一七丁目まで走っていって、製本の悪い、きたならしい本を買う必要なんてどこにあるでしょうか。私がすわっているここからは、一七丁目よりロンドンのほうがずっと近いのです。

八ドル同封いたしましたから、お受け取りください。ブライアンさんが訴訟を起こしたこと、お話ししましたかしら？　あの方、物理学大系をロンドンの自然科学書の専門店から取り寄せたのです。彼、私みたいにだらしなくないし、でたらめでもありませんから、高価な全集を買うとロックフェラー広場（プラザ）へ行って郵便局の窓口に並び、ちゃんと電報為替かなんかで送金なさったのです。ブライアンさんは実業家なので、万事にそつがない方ですから。

ところが、その為替が紛失してしまったのですよ。

大英帝国の郵便業務よ、奮起せよ！

H　H

一九五〇年九月二十五日

初版本を祝って、とても小さいのですけれど小包を一つお送りします。海外協会がついに私専用のカタログを送ってくれましたので。

ヘレーン様

同封いたしますスナップ写真は、何週間も前にお店には持ってきてあったのですが、仕事がものすごく忙しかったものですから、お送りするチャンスがありませんでした。イギリス空軍勤務の夫のダグが駐屯しておりますノーフォークで撮ったものです。私の写真はよく撮れているのが一枚もありませんが、子供たちの写真はわが家にある写真の中でも最高のものですし、夫一人のはとてもよく撮れていると思います。

ねえ、ヘレーン、イギリスにいらっしゃりたいというあなたの望みがぜひかなえられるといいと思います。貯金をなさって、来年の夏にはいらっしゃいませんこと？私の両親がミドルセックスに家を一軒持っていますので、喜んでお泊めすることでしょう。

メガン・ウェルズさん（共同経営者おふた方の秘書です）と私は、来年の七月、ジャージー島（イギリス海峡にあるチャネル諸島の一つ）へ一週間休暇をとって旅行をします。ご一緒なさいません？　残りの三週間をミドルセックスで過ごされれば、安あがりですみますわ。

ベン・マークスさんが、私が何を書いているのかしきりに見ようとしますので、やむをえず筆をおきます。

かしこ

セシリー

一九五〇年十月二日

ほんとに、まあ!!

フランク・ドエルさん、あなたにぜひ申しあげねばならないことがあります。現代は本屋さんが——本屋さんともあろうものがですよ——美しい古書を破いて包装紙に使いはじめるような、堕落退化した破壊的な時代なのですね。包装紙の中からニューマンの本が現われたとき、私はこの文豪にこう呼びかけたものです。
「こんなことお信じになれますか?」って。そしたら、とても信じがたい、とお答えでしたよ。あなたが破いて包装紙にお使いになったページは何か大戦争を書いたくだりのまん中あたりのようですけど、いったいどの戦争なのか、それさえわかりません。ニューマンの著作はほぼ一週間前に来着、興奮状態からやっと落着きを取りもどしはじめたところです。ニューマンの本を一日中机の上において、ときどきタイプライターを打つのを止めては手を伸ばし、さわってみたりしています。初版本だからというのではなく、こんなに美しい本はいまだかつて見たことがないからです。

なんだかこの本を持っていることが悪いような気がします。つやつやした革表紙といい、金箔押し(きんぱく)の文字、美しい活字といい、これはイギリスの田園地方にある邸宅の、松材の腰板を張った書庫に収められてしかるべきものです。身分卑しからぬ紳士がすわる暖炉わきの革張りの安楽いすにおかれて、手に取られてこそ本望なのだと言いたげで、建物の正面の茶色の砂岩が崩れ落ちている、ひと間きりしかないあばら屋にある、中古のベッド兼用のソファーの上でなんか読まれたくはない、というような顔をしています。

『Q名詩選』[*1]頂戴したいと思います。せんだってのあなたの手紙紛失してしまって、お値段がおいくらだったかはっきりしないのですけれど、二ドルくらいだったと思いますので、一ドル札を二枚同封いたします。足りないようでしたら、ご一報ください。

この本をお送りくださるときは、例の本の五一二ページと五一三ページを破いて包装してくださったらいかが？　その二ページがあれば、少なくともその戦いで勝利を掌中に収めたのはどちら側だったのか、それになんの戦いだったのかくらいはわかると思いますので。

一九五〇年十月十五日

追伸――『ピープスの日記』[*2]、在庫があります？　冬の夜長に読みたいのです。

HH

1　クイラー＝クーチ（前出）の編集になる『オックスフォード名詩選』のこと。

2　サミュエル・ピープス（一六三三―一七〇三）。イギリスの著作家、官吏。六〇年から六九年に至る約一〇年間、ピープス自身にとっては貧窮の時代から海軍大臣に出世するまでの詳細な記録が、世に名高い『ピープスの日記』である。彼自身の生活や当時の世相、特に宮廷や上流社会の淫蕩（いんとう）さ、海軍事情などが赤裸々に叙述されている。

ハンフ様

ご返事おそくなりまして失礼いたしました。じつは私、一週間ばかり町を離れておりましたので、ただいま手紙の返事書きに追われて大わらわのありさまです。

まず、包装紙に使っておりますのは、クラレンドン伯爵の『イギリス内乱史』[*1]のような端本(はほん)ですので、なにとぞご懸念におよびませんよう。いつもこんなことをしているわけではなく、たまたま表紙のはがれた半端本が二冊ありまして、常識のある人なら、まず一シリングでも買いっこない本だからです。

クイラー゠クーチの名作選集『巡礼の道』[*2]、書籍小包にてご送付申しあげました。不足額は一ドル八五セントですので、お送りくださいました二ドルで十分足りることになります。今のところ、『ピープスの日記』の在庫はございませんが、そのうち一冊見つけてさしあげましょう。

敬具

一九五〇年十一月一日

マークス社　内

F・ドエル

1　エドワード・ハイド、初代クラレンドン伯爵（一六〇九―七四）。イギリスの政治家、歴史家。チャールズ二世の国務大臣をつとめたが、オランダとの戦争に失敗、議会の弾劾（だんがい）を受けて、フランスに亡命し、その間に『内乱史』を完成した。

2　クイラー＝クーチが〝旅の道づれ〟となるような名文・名詩を集めて、一九〇六年に編んだ本。

ハンフ様

〝Q〟名詩選集、お気に召した由にて、幸甚に存じます。『オックスフォード名文選』[*1]はいまのところ一冊もございませんが、お捜ししてみましょう。

『サー・ロジャー・ド・カバリーの記録』[*2]のことでございますが、当方にたまたま一八世紀の随筆集一巻の在庫がございまして、これには「カバリーの記録」が精選されて収められておりますし、チェスターフィールドやゴールドスミス[*3][*4]の随筆も載っております。オースチン・ドブソン[*5]の編纂になるもので、とてもよい版ですし、お値段もたったの一ドル一五セントなので、書籍小包で送らせていただきました。アジソン[*6]とスチール[*7]の随筆をもっと完全に集めたものをお望みのようでしたら、ご一報賜わりたく。極力見つけるべく努力いたす所存です。

この店にはマークス、コーエン両氏を除いて、店員が六人おります。

敬具

一九五一年二月二日

マークス社　内

フランク・ドエル

1　クイラー゠クーチ（前出）が一九二五年に編集したイギリスの名文選集。

2　アジソン（後出）とスチール（後出）が創案した架空の人物。二人共同で創刊した『スペクテイター』紙に毎日載った随筆に登場して興趣を添えた。

3　フィリップ・ドーマー・スタンホープ、第四代チェスターフィールド伯（一六九四―一七七三）。イギリスの政治家。機知と知性に富む書簡集『むすこへの手紙』がある。

4　オリバー・ゴールドスミス（一七二八―七四）。イギリスの小説家、詩人、劇作家。作品には、小説『ウェークフィールドの牧師』等がある。

5　ヘンリー・オースチン・ドブソン（一八四〇―一九二一）。イギリスの詩人、文学者。軽妙な詩にすぐれ、「押韻（おういん）小品」「たて琴を合図に」等を発表した。

6　ジョーゼフ・アジソン（一六七二―一七一九）。イギリスの随筆家、政治家。竹馬の友スチールの始めた『タトラー（饒舌家）』紙に寄稿。次いで、スチールと共同で、

『スペクテイター』紙を創刊した。

7　サー・リチャード・スチール（一六七二－一七二九）。イギリスのジャーナリスト。健筆をふるって、イギリスの初期ジャーナリズムに大きな足跡を残した。

ヘレーン、なつかしいわ――

プリンの作り方はいっぱいあるのよ。でも、母と二人して考えたところでは、こんなやり方をすればいっとう簡単にできるのではないかしら。メリケン粉一カップ、卵一個、ミルク半カップを大きなボウルに入れて塩をよくふりかけ、なめらかな濃いクリーム状になるまで十分にかきまぜ、数時間冷蔵庫に入れておきます（午前中に作っておくのがいっとうよいと思いますわ）。お肉をオーブンに入れるとき、パン焼き皿を一つよけいに入れて暖めておきます。肉が焼きあがる三〇分前に、肉から出る脂をちょっぴりパン焼き皿に流し込みます。ちょうどお皿の底にまんべんなく行きわたるほどで十分です。パン焼き皿はうんと熱くしておくのがコツです。そこで、クリーム状に溶かしたプリンの材料をお皿に注ぎ込むと、焼肉とプリンが同時にできあがるというわけです。

ヨークシャー・プリンを一度も見たことのない方に、どう説明してよいものやらわかりかねますが、うまく焼けますと、ふっくらと高くふくらみ、焦げめもついてパリッと仕あがり、ナイフを入れると中はからっぽなのがおわかりになるでしょう。

イギリス空軍勤務のダグは相変わらずノーフォークにくぎづけになっていますので、家に帰れる日まで、あなたがクリスマスに送ってくださった缶詰を大事にしまっておくつもりです。主人が帰宅したらあの缶詰でどんなすばらしいお祝いができますことか！　お金をそんなにむだづかいしてはいけませんわよ。

ブライアンさんのお誕生日のディナーにプリンをお作りになるおつもりなら、このお手紙大特急で出さなければなりません。うまくできたかどうか、ぜひお知らせくださいませね。

かしこ

一九五一・二・二十

ミドルセックス県　ピナー　イーストコートにて

セシリー

セシリーさま

とび切り上等のヨークシャー・プリンよりおいしいなんてもの、ぜったいこの世にありません。ふっくらと丸くなめらかにふくらんで、中がからっぽのワッフル、としか言いようがありませんでした。

お送りした食料品のお値段のことはどうかご心配なく。海外協会が非営利団体だとか免税なのかどうかなんてこと、まるでわからないのですけれど、バカみたいにお安くて、クリスマスの小包ぜんぶ合わせても、わたしの七面鳥一羽分よりお金がかからなかったのよ。なかには、骨付きのあばらロースや小羊のすね肉のようなもののはいった値の張る包みもいくつかあるにはありますが、それでも肉屋さんの値段に比べてはるかにお安いので、お送りしても破産するようなことは絶対にありませんから、どうかご心配なく。

それにカタログをあれこれ見るのは、とても楽しみです。まず、敷物の上にカタログを広げ、小包番号一〇五（卵一ダースとビスケット一缶入り）と二一七のB（卵二ダースだけでビスケットはなし）のどちらがよいか比較検討したりしています。卵一ダースというのはたいへん困るのです。みなさんが二つずつ卵を家へお持ち帰りになっても、なんにもなりませんものね。でも、ブライアンさんがおっしゃるには、乾燥卵は糊（のり）みたいな味がするのだそうで、それが問題なのです。

わたしの書いた戯曲が気に入ってくださった（といっても、上演してやろうというほどではありません）あるプロデューサーの方が、今しがた電話をくださいました。今テレビの連続ものを製作中の方で、テレビ映画の脚本を書いてみないかときかれたのです。そして、〝二枚〟でどうですかって、なんでもないことのようにおっしゃったの。あとでわかったのですが、二〇〇ドルのことなのです。今のわたしは週給四〇ドルのしがない台本チェック係なのよ！

あす、そのプロデューサーに会いにいくことになっています。幸運を祈ってね。

じゃあ、また。

一九五一年二月二十五日

ヘレーン

ヘレーン様

すばらしい復活祭の贈り物の郵便小包、無事到着いたしました。翌朝、フランクさんが社用で出張してしまい、まだお礼状を書いていないようなので、一同気が気ではありません。それにもちろん、フランクのハンフ様に、勇気を奮ってお手紙を書こうなんて人はだれ一人いないのです。

お肉をいただくなんて！　びっくりしましたわ。ほんとうにそんなむだづかいをなさらないでください。ずいぶんお高かったでしょうに。ご厚情ほんとうに感謝しております。

ベン・マークスさんがお仕事を持ってやってきますので、筆をおかなくてはなりません。

いずれ、また。

一九五一年四月四日

セシリー

ハンフ様

マークス社あての復活祭の贈り物、数日前安着いたしましたので、一筆お知らせ申しあげます。フランク・ドエルさんが出張しておりますので、お礼状がおくれてしまいました。

私たち一同、お肉を見て目がクラクラしてしまいました。卵や缶詰もこのうえなくうれしいものです。あなた様のご懇志に対する私どもの感謝の微意なりとぜひぜひおくみとりくださいますよう、一筆したためる次第でございます。

近いうちにイギリスにお出かけになれることを、私ども一同心待ちにしております。楽しいイギリス旅行をしていただけますよう、及ばずながら私どもにできる限りのことをさせていただきたいと思っております。

かしこ

一九五一年四月五日

ロンドン　西八　ケンジントン本町通り　アールズ・テラス

メガン・ウェルズ

謹啓

小生、ここ二年ばかりマークス社で図書目録を作成している者です。これまでお送りいただきました品々の分配にあずかり、なんともお礼の申しあげようもございません。

小生、七十五になる大叔母といっしょに暮らしておるのですが、牛肉の舌肉（タン）の缶詰を持ち帰りましたところ、大叔母は喜色満面のありさまでした。その光景をもしご覧いただけましたら、さぞ私どもの感謝のほどもお察しいただけましたことでしょう。何千キロも隔たった遠方から、一面識もないわれわれに、これほどのご親切を施してくださる方がいらっしゃることは、ほんとうにうれしいことです。同僚もみな同じ思いでいることでしょう。

もしも、ロンドンから送ってさしあげるものを何か思いつかれましたら、いつ何どきでもご遠慮なくお申し付けください。喜んで手に入れてさしあげます。

敬具

一九五一年四月五日

エセックス州　サウスエンド・オン・シー　タンブリッジ通り

ビル・ハンフリーズ

ハンフ様

贈り物のお礼状がおくれましたので、少々ご心配なさっておられるのではないかと拝察いたします。さぞ、恩知らずな連中とお考えのことでしょう。じつは私、当社の在庫があわれにも底をついてしまいましたので、それを充実さすべく書籍を少々購入するために、由緒ある家々を尋ね尋ねて、イギリス中をめぐり歩いてまいりました。妻は私のことを下宿人だと呼びはじめております。家には寝に帰って、朝飯を食べるだけだというのです。しかし、乾燥卵とハムは言わずもがな、おいしそうな、牛肉を持って帰ったときには、さすがの妻も、私のことを、すてきな方！　などと申しまして、何ごとも許されてしまいました。肉のこんなに大きなかたまりを見るのは、じつに久しぶりのことです。

私ども社員一同、なんらかのかたちで感謝の意を表わしたく、小冊をお送り申しあげます。お気に入りくださらば、幸いに存じます。いつでしたか、エリザベス朝時代の恋愛詩集を一冊お頼まれしましたね——手にはいりますものでは、これがいちばんご要望に近いものかと存じます。

敬具

一九五一年四月九日

マークス社　内

フランク・ドエル

〔エリザベス朝時代の名詩選にはさんであったカード〕

ヘレーン・ハンフ様

ロンドン　チャリング・クロス街八四番地の住人一同より、こよなき感謝の意をこめて。

一九五一年四月

チャリング・クロス街八四番地のみな様へ

美しいご本をご恵贈くださいまして、ありがとうございました。総金縁の書物を手もとにおくのは、私にとってこれがはじめてのことです。そして、とてもお信じになれないでしょうけれど、あの本、私の誕生日に着きましたの。

みな様、礼儀正しくていらっしゃるので献辞をカードに書いてくださいましたけれど、なぜ見返しに書いてくださらなかったのでしょう。どなたも古本屋さん気質まる出しね。見返しに書くと本の値打ちが下がるので、おいやだったのでしょう。現在の所有者であるこの私にとっては、見返しに書いてくださったほうが、よっぽど値打ちがあるのですよ（そして、たぶん、未来の所有者にとっても。私は見返しに献辞が書かれていたり、余白に書き込みがあるの大好き。だれかほかの人がはぐったページをめくったり、ずっと昔に亡くなった方に注意を促されてそのくだりを読んだりしていると、愛書家同士の心の交流が感じられて、とても楽しいのです）。

それになぜ、みなさんの署名がないのですか？　もしかしたら、フランクさんがさせなかったのでは？　フランクさんったら私に、彼以外の方にあててラブレターを書かせたくないのでしょう。

アメリカから、みな様にごあいさつをお送りします。アメリカって国、イギリスが飢えているのにそれを放っておいて、日本とドイツの再建に何百万ドルもつぎ込んだりして、ほんとうに不誠実な国ですね。神のおぼしめしがあって、いつかお国へ伺えましたら、私、アメリカの罪を個人的におわびしますわ（でも、私が帰国したら、今度はアメリカが、きっと私がイギリスで犯す罪のおわびを言わなくてはならなくなることでしょうね）。

美しいご本のお礼、重ねて申しあげます。ジンやたばこの灰でよごさないよう、いっしょうけんめい大切にします。私ごときものには、ほんとうにりっぱすぎる本です。

かしこ

一九五一年四月十六日

ヘレーン・ハンフ

お元気？——


　この古本屋さんは、ディケンズ[*1]の小説の世界から抜け出してきたみたいな、古びたすてきなお店よ。あなただったら、このお店を見たら、きっと卒倒しちゃうわ。

お店の外にも本を並べた売台が出ているので、そこでまずなん冊か本のページをめくってから、いかにも本あさりをしているふりをして、内部（なか）へぶらっとはいったのです。薄暗い内部のようすが見えないうちから、お店のにおいがしてくるのです。どんなにおいかって、ちょっと表現するのはむずかしいけれど、かびとほこりと歳月、それに木の壁と床のにおいが混じり合った、ゆかしいにおいとでも言ったらいいかしら。

　お店の左手奥には仕事用の電気スタンドの置いてある机があって、男の人が一人すわっていました。年のころは五〇くらい、ホーガース[*2]ふうのだんごっ鼻で、目を上げて「いらっしゃい」と北部なまりで言ったので、わたしはただ拾い読みをしているだけよって答えたら、どうぞって言ったわ。

書架が延々と続き、天井にまで達しているのよ。とっても古い書架で、灰色がかり、何十年となくほこりをかぶっていたカシの古材のような感じで、もうもとの色なんか全然ないの。版画の売場というか、長い売台があって、クルクシャンク[*3]とかラッカム、[*4]スパイとか[*5]いった、昔のイギリスのすばらしい漫画家やさし絵画家たちの作品がずらりと並んでいます。もっともね、わたしはあんまり利口じゃないから、こういう人たちのこと、それほどよくは知りませんけどね。それに、すてきなさし絵入りの古い雑誌も少しあります。

わたしは、あなたのフランクさんか、お店の女性たちのうちの一人でも現われやしないかと思って、三〇分ほどお店の中にいました。でも、はいったときが一時ごろだったので、お店の人たちはお昼を食べに外出しているのだと思ってあきらめました。それに、時間もなかったのです。

切抜きを同封します。ごらんのように、わたしたちのお芝居の批評はあまりかんばしくありませんでした。でも、数カ月間続演することに決まりました。そこで、昨日はアパート捜しにいき、ナイツブリッジにすてきな寝室居間兼用の部屋を見つけました。住所は今手もとにありませんが、いずれお知らせします。母に聞いてくださっても結構よ。

わたしたちには食糧は何も問題ありません。レストランやホテルで食事をしていますから。ロースト・ビーフ用の肉や骨付きのあばら肉はみんな、クラリッジのような高級ホテルが手に入れてしまうのだそうです。値段は目玉の飛び出るほど高いんですけど、外国為替レートが有利なので、そんなぜいたくも許されるわけ。もちろん、わたしがイギリス人だったら、わたしたちアメリカ人のこと憎らしくてたまらないと思うでしょう。それなのに、みなさんほんとうによくしてくださるのよ。どなたも自宅に招いてくださるし、あちこちのクラブへもご招待にあずかったわ。

お砂糖とか甘いものはおよそ手にはいりません。でも、わたし個人としては、これに感謝しています。こちらで体重を四キロ半は減らすつもりですので。

お手紙ちょうだいね。では、また。

一九五一年九月十日

ロンドンの楽屋にて

マクシーン

1　チャールズ・ジョン・ハファム・ディケンズ（一八一二―七〇）。イギリスの小説家。貧者に対する同情に根ざした正義観を持ち、人間と社会を如実に描写した。『ピクウィック・ペーパーズ』『オリバー・トウィスト』『デービッド・コパーフィールド』『クリスマス・キャロル』『二都物語』『大いなる遺産』などがその代表作。

2　ウィリアム・ホーガース（一六九七―一七六四）。イギリスの画家、版画家。イギリス一八世紀の代表的画家の一人。銅版画、歴史画、油絵のほか多くの肖像画も残している。ほとんどカリカチュアに近い手法で、時代を風刺し、庶民性を生き生きと表現した。

3　ジョージ・クルクシャンク（一七九二―一八七八）。イギリスのさし絵画家、漫画家。政治、宗教、宮廷、名士の風刺漫画を描いたほか、ディケンズの作品のさし絵も描いている。

4　アーサー・ラッカム（一八六七―一九三九）。イギリスのさし絵画家。『ピーター・パン』『不思議の国のアリス』のほか、グリムの『童話集』、ディケンズの『クリスマス・キャロル』、ウォルトンの『釣魚大全』等のさし絵を描いた。

5　サー・レスリー・ウォード（一八五一―一九二二）の仮名。イギリスの漫画家、さし絵画家。

マクシーン、あなたってほんとうによく気がつく方ね。それにお手紙の中の描写もすばらしかったわ。あなたのほうがわたしよりも文章がじょうずよ。

住所、伺おうと思って、お母様にお電話したの。そしたら、角砂糖とネッスルのチョコレートを送ったっておっしゃってたけど、あなた節食してたはずじゃあなかったの？

いやみに取られちゃ困るけど、いったいどんな善行を積んだら、あなたのようにわたしのたいせつな古本屋さんで本が拾い読みできるようになれるのかしら？　神様って、不公平だわ。わたしのほうときたら、九五丁目に足止めを食ったまま、『エラリー・クイーンの冒険』[*1]なんていうテレビ・ドラマの脚本を書かされているんですものね。口紅のついたたばこを、手がかりに使っちゃあならないことになっているって、前に話したことあったかしら？　このテレビ・ドラマのスポンサーはバイヤック葉巻会社なのよ。だから、〝紙巻きたばこ〟って言葉を使ってはいけないの。セットに灰皿はあってもいいんだけど、吸いがらなんかあっちゃあいけないってわけ。葉巻の吸いがらもだめなの、きたないから。灰皿に入れてもよいのはセロファンにくるまれた新しいバイヤックの葉巻だけなのよ。

こっちはそんな苦労をしているというのに、あなたはクラリッジあたりでギールグッド[*2]みたいな名優とおつき合いってわけね。

ロンドンの話もっと聞かせてよ——地下鉄だの、四法学院[*3]、メイフェア[*4]の高級住宅地区、グローブ座[*5]のある町角とか、なんでもいいのよ。わたし、こうるさいこと言わないから。ナイツブリッジのことも書いて。ナイツブリッジって、エリック・コーツ[*6]作曲の『ロンドン組曲』——それとも『組曲・ロンドンふたたび』だったかな——のように、みずみずしくて上品な響きの地名ね。

×××

h h

一九五一年九月十五日

1　エラリー・クイーン。アメリカの推理小説家フレデリック・ダネー（一九〇五—八二）といとこのマンフレッド・B・リー（一九〇五―七一）の筆名。二人はこの筆名を用いて一〇〇冊に余る推理小説を発表している。

2　サー・ジョン・ギールグッド（一九〇四―二〇〇〇）。イギリスの俳優、演出家。ハムレット役者として令名が高い。

3　ロンドンにある法廷弁護士の協会。

4　ロンドン西部のピカデリー通りの北側、ハイド・パークの東側に当たる貴族的な住宅地区。

5　一五九九年、ロンドンのサザックに建てられた劇場。シェークスピア劇が初演されたところとして名高い。

6　エリック・コーツ（一八八六―一九五七）。イギリスの作曲家、ビオラ奏者。行進曲『ロンドン組曲』などが有名。

イッタイ君ハコレデモピ、ー、プ、ス、ノ日記ダトデモ言ウオツモリカ?

お送りいただいたこの本は、サミュエル・ピープスの日記なんてものではありません。こんなもの、だれか出しゃばりな編集者がでっちあげた、ただのあわれな抄録です。こんなもの作った奴はくたばっちゃえばいいんだわ。こんな本、私、鼻もひっかけないことよ。

ピープス夫人がだんなさんをベッドから追い出し、まっかに焼けた火かき棒で寝室じゅうを追い回した一六六八年一月十二日の日記は、いったいどこにあるというのです。

W・ペン御大[*1]のむすこがクエーカー教徒の考えを押しつけて、だれかれかまわずあんなに迷惑をかけたくだりは、どこにあるのです。全巻これニセモノといったこの本ではたったの一、回、し、か、出てこないのよ。この私がフィラデルフィア出身だというのに。一ドル紙幣を二枚同封します。ただし、ヨレヨレですわよ。あなたが本物のピープスの日記を見つけてくださるまで、この抄録でがまんすることにしますが、見つかったときこそ、こんなインチキな代用品は、一ページ一ページ破いちゃって、包ミ紙ニシテヤルゾ。

一九五一年十月十五日　　　　ＨＨ

二伸――クリスマスには新鮮な卵と乾燥卵と、どちらをお望みかしら。乾燥卵のほうが長持ちするのはわかっていますけれど、〝デンマークの養鶏場から空輸される新鮮な卵〟のほうがずっと味はよいはずです。みなさんのご意見を伺ってみてください。

1　ウィリアム・ペン（一六四四―一七一八）。ロンドン生れのクエーカー教徒。のち、チャールズ二世から北アメリカのデラウェア左岸地方の広大な土地の支配権を与えられ（一六八一年）、この地をペンシルベニアと名付け、クエーカーの移民を引率してその地に渡り、八二年にフィラデルフィア市を建設した。

ハンフ様

まずはじめに、ピープスの日記のおわびを申しあげなければなりません。正直申しあげて、じつはうかつにも、ブレイブルック版はピープスの日記を全部収録してあるものとばかり思っていたのです。ですから、お気に入りの個所が見当たらなかったとき、あなたがどんなにがっかりなさったか、ほんとうによくわかるような気がいたします。こんどこそ、ほどよいお値段のものを心がけておくようお約束いたします。お手紙にありました個所が収められている版がありましたら、急ぎご送付申しあげます。

当社でこのたび購入いたしました個人蔵書の中から、ようやくお望みの書籍を二、三捜し当てまして、喜んでおります。一つは、リー・ハントで、これにはあなたの好きな随筆がほとんど全部収められています。それと、ブルガタ新約聖書なのですが、これならご満足いただけましょう。ブルガタ聖書用語辞典も一冊入れておきました。これはお役に立つのではないかと思われます。二〇世紀に書かれたイギリスの随筆を集めましたものも一冊はいっております。ヒレア・ベロック[*1]の随筆はたった一編しか収録されておらず、しかも「バスルーム考」とはまるで関係ございませんが。請求金額一七シリング六ペンスの送り状を同封いたしました。約二ドル五〇セントになります。あなたから二ドルばかりお預かりしておりますので、ご請求申しあげるのはこれだけです。

卵のことですが、同僚に尋ねましたところ、みな新鮮な卵のほうがよいのだそうです。仰せのとおり、そう長持ちはしませんが、味がずっとよいようですから。

選挙後はもっと暮らしよくなるのではないかと、イギリスではみな期待しております。チャーチルおよび保守党が当選してくれれば——当然当選しましょうし、私は当選することを願っております——イギリス国民はみな、大いに力づけられることでしょう。

再拝

一九五一年十月二十日

マークス社　内

フランク・ドエル

1 ジョーゼフ・ヒレア・ピエール・ベロック（一八七〇―一九五三）。イギリス（フランス系）の随筆家、小説家。ニューマンの影響を受け、カトリックの文士として随筆、詩、小説、歴史研究などに才筆をふるった。徒歩旅行記『ローマへの道』は彼の特色をよく表わしている。そのほか『イギリス史』全四巻、クロムウェル論、ミルトン論などの著述が名高い。

スピード・アップさん

こんなに矢つぎばやにリー・ハントやブルガタ聖書を急送されては、目が回ってしまいますわ。私がどんなに目を回しているかおわかりにならないでしょうけれど、注文してからかれこれ二年にもなろうというのですものね。こんなことをやっていらっしゃると、いまに心臓発作をお起こしになりますわよ。

でも、こんな言い方ってないわね。私のためにこんなにお骨折りくださっているというのに、私のほうはいっこうにお礼も申しあげず、ただあなたをからかってばかりいて、私って意地悪ね。私、あなたのお骨折りに対しては、心から感謝しているのです。三ドル同封いたします。いちばん上の一枚をよごしてしまってごめんなさい。コーヒーをこぼしてしまい、どんなにふいてもとれませんでした。でも、文字はなんとか見えますから、通用することは通用すると思います。

ひょっとして、ちゃんとした装丁の声楽の楽譜、お店においてあります？　バッハの「マタイ受難曲」とかヘンデルの「メサイア」とかいうようなもの。ここでもシャーマーのお店[*1]に行けばたぶん買えるでしょうけれど、私の住んでいるところからは寒い通りを五〇街区（ブロック）も行かなければならないので、まずあなたにお尋ねしてみようと考えましたの。

チャーチルと保守党の勝利おめでとうございます。彼の力で、食糧の配給が少しでも好転することを願っております。

ご苗字（みょうじ）から察するに、あなたはウェールズのご出身？

一九五一年十一月二日

H H

1　ニューヨークにある楽器店。楽譜等の印刷物も刊行している。

ハンフ様

卵二箱と牛の舌肉（タン）の缶詰、まさに拝受いたしましたことをお知らせすると同時に、改めて心よりお礼申しあげます。社内でも年配者の方に属しますマーチン氏が、ここしばらく病気で欠勤中ですので、卵一箱はそっくりマーチン氏にさしあげました。大喜びいたしましたことは申すまでもございません。舌肉の缶詰ははなはだ魅惑的で、私どもの食品戸棚をいちだんとにぎわすことになりましょう。わが家の場合には、なにか特別のおりに賞味させていただくことにして、とっておくことにいたしました。

このあたりにありますレコード・楽器店に全部問い合わせてみましたところ、「メサイア」もバッハの「マタイ受難曲」も、ちゃんとした装丁のきれいな古本では手に入れることができませんが、新本なら出版元から取り寄せられることがわかりました。定価は少しお高かったのですが、求めたほうがよろしいと考えまして、数日前書籍小包でお送りいたしました。もう着くころかと思います。総計一ポンド（四ドル二〇セント）の送り状が同封してあります。

　われわれ一同より、あなたにささやかなクリスマス・プレゼントを送らせていただきます。リンネル製のテーブルクロスなのですが、関税がかからないようにと願っております。〝クリスマス・プレゼント〟と表記して、うまくいきますよう祈ることにいたしましょう。とにかく、お気に入りくださって、クリスマスと新年とをお祝い申しあげるわれわれの微意なりとおくみとりくださらば幸甚に存じます。

　私の苗字はウェールズの系統とはまったく関係ありません。フランス語のクリスマスに当たる〝ノエル〟と同じ韻を踏むところからしますと、どうやらフランス起源の名前ではないかと思われます。

敬具

一九五一年十二月七日

マークス社　内

フランク・ドエル

アメリカ　ニューヨーク州　ニューヨーク　二八区
東九五丁目一四番地
ヘレーン・ハンフ様

〔手で丹念に刺繡(ししゅう)を施した、アイルランド産のリンネル製テーブルクロスといっしょにはいっていたカード〕

クリスマスならびに新年おめでとうございます。

ジョー・マーチン
メガン・ウェルズ
W・ハンフリーズ
セシリー・ファー
フランク・ドエル
J・ペンバートン

ハンフ様

テーブルクロスお気に召したそうで、われわれ一同まず何よりも大喜びいたしております。あのテーブルクロスをお送り申しあげることができまして、われわれはほんとうに喜んでいるのです。過去何年にもわたってご親切にもお送りくださいました贈り物に対しまして、感謝の意の万分の一なりと表わさせていただけるのではないかと存じあげた次第です。ちょっと申し添えますが、じつは、あのテーブルクロスはごく最近、私どものお隣のアパートにお住まいの八〇歳を越えたご婦人が刺繡(ししゅう)なさったものなのです。ひとりぼっちで暮らしていらっしゃる方で、ご趣味でずいぶんたくさん針仕事をなさっていらっしゃいます。このおばあちゃま、ご自分の作品をめったに分けてくださらないのですが、家内がなんとか説きつけまして、このテーブルクロスを分けてもらったような次第です。思うに、家内はお送りくださいました乾燥卵を少しおすそわけしたのではないかと思います。これが大いにききめを発揮したのでしょう。

グロリエ式装丁[*1]の聖書のよごれをどうしてもお取りになりたいのでしたら、ふつうの石けんと水をお使いになることをおすすめいたします。〇・五リットルほどのぬるま湯に粉石けんを茶さじ一杯分入れ、それにスポンジをひたしてふきます。これでよごれはとれると思いますし、きれいになったらラノリンを少々塗ってみがけばよいのです。

J・ペンバートンはご婦人で、Jはジャネットのことです。

新しい年があなたにとりましてよき年でありますよう、一同お祈りいたしております。

敬具

一九五二年一月十五日

フランク・ドエル

1　グロリエ式装丁とは、細い金線を幾何学的に組み合わせた、きわめて装飾的で豪華なもの。フランスの愛書家ジャン・グロリエ・ド・セルビエールが施した装丁にちなむ。

ハンフ様

マークス社あてにたびたびお送りくださいましたすばらしい食料品の贈り物を、そのつどわが家にも分けていただき、一度私からもお礼を申しあげたいものと考えつつも長い間なおざりにしておりました失礼、なにとぞお許しくださいませ。主人が申しますには、あのリンネルのテーブルクロスに刺繡をなさったお年寄りの婦人のお名前とご住所とをお知りになりたいとのことで、やっとお手紙をさしあげる口実ができたわけです。おっしゃるように、私もとても美しい刺繡だと思います。

老婦人のお名前はボールトンさん、私どものお隣に住んでおいでです。番地はオークフィールド・コート三六番地です。ボールトンさんは、ご自分で刺繡なさったテーブルクロスが大西洋を渡ったことを知って、大喜びしていらっしゃいました。あのテーブルクロスをあなたがどんなにほめていらっしゃったかをお知りになったら、ボールトンさん、さぞお喜びになることでしょう。

私どもあてにまた乾燥卵をお送りくださる由、ありがとうございます。でも、まだ少し残っておりますので、春まではなんとかなりそうです。四月から九月までの期間は、卵はたいていどうにか間に合います。と申しますのは、この一時期卵は自由販売になるからです。それにときどき、乾燥卵の缶詰と物々交換して手に入れることもあります。必要に迫られて、乾燥卵の缶詰一つとナイロンのストッキング一足を取り換えたこともありました。まあ違法でしょうけれど、実際これでなんとか急場がしのげるのですよ！

近ごろ撮りました私ども家族のスナップ写真をお送りいたします。しあわせそうでしょう？　いちばん上の娘は八月で一二歳になりました。名前はシーラといいます。ついでながら申しあげますと、この子は夫の先妻の娘でして、主人は戦争中に最初のつれあいを亡くしたのです。下の子はメリーといいまして、先週で四歳になりました。この春、シーラは学校でパパとママに結婚記念日のお祝いのカードを送るのだと言って、修道女様たちに（修道院付属の学校の寄宿舎にはいっておりますの）両親は結婚四年めなのです、とお話ししたそうです。もちろんおわかりのように、これには少々説明を要したことは申すまでもございません。

末筆ながら、新年のご祝詞を述べさせていただき、あわせて近くイギリスでお目にかかれる日をせつに願っておりますことを申し添えまして、筆をおかせていただきます。

かしこ

一九五二・一・二十

ロンドン　北八　クラウチ・エンド　ヘイズルミア通り
オークフィールド・コート三七番地

ノーラ・ドエル

ハンフ様

お手紙まことにありがとうございました。私の手製のテーブルクロスがたいへんお気に召しましたとのこと、ほんとうに感謝に堪えません。もっと刺繡のお仕事ができれば、とそれだけが望みです。ドエルさんの奥様からお聞きおよびのことと存じますが、私も年を取りまして、以前ほどにはお仕事ができなくなってしまいました。私の刺繡の真価を認めてくださるお方の手に渡りますと、いつもいつもうれしくてなりません。

ドエルさんの奥様にはほとんど毎日のようにお目にかかりますが、あなた様のおうわさをよくなさいます。イギリスにお出かけくだされば、たぶんお目にかかれますわね。

重ねて御礼申しあげます。

拝具

一九五二年一月二十九日

ロンドン　北八　クラウチ・エンド　ヘイズルミア通り

オークフィールド・コート三六番地

メリー・ボールトン

マクシーン、お願い——

たったいま、あなたのお母様と電話でお話ししたところなの。お母様のお話では、お芝居があとひと月もしないうちに打ちあげになるんですって？　それから、あなた、ナイロンのストッキングを二ダースもイギリスへ持っていったんだってことだけれど、ひとつ私のお願い聞いてくださらない？　お芝居が中止されることが決まったらすぐ、例の古本屋さんへ、私の代わりにストッキングを四足持っていって、フランク・ドエルさんに渡し、お店にいる三人のお嬢さんとノーラさん（フランクの奥さん）にさしあげるように伝えてほしいのです。

お母様がおっしゃるには、その代金をあなたに払ってはいけないそうなの。去年の夏サックス・デパートの蔵払いセールで買ったのだし、本屋さんに寄付してくださるのだそうです。やっぱり、イギリスびいきなのね。

あの古本屋さんのみなさんからいただいたクリスマス・プレゼントを、あなたにもお見せしたいわ。アイルランド産のリンネル製のテーブルクロスでね、濃いクリーム色の地に古風な花と葉っぱの模様の刺繡があるの。手で刺繡したものなのよ。花は一つ一つがぜんぶ違う色で、薄い色から濃い色までぼかしになっています。こんなにきれいなもの見たことないくらいだわよ。私がガラクタの古道具屋で買った垂れ板付きのテーブルに、こんなきれいなもの掛けたこと、一度もなかったわ。私ったら、流れるようなビクトリア王朝ふう[1]の袖をひるがえし、ジョージ王朝ふう[2]のティーポットを優雅に捧げて紅茶を注ぐところを夢に描いています。アメリカに帰ってきたら、二人して、このテーブルクロスを掛けて、スタニスラフスキー[3]ばりの身ぶりでお茶でも飲みましょうよ。

　エラリー・クイーンのテレビの脚本だけど、一本につき二五〇ドルに値上げしてくれました。これが六月まで続くようなら、イギリスへ行って、マークス社で本の拾い読みができそうよ。その勇気さえあればの話ですけどね。五〇〇〇キロ近くも離れているのをいいことにして、ものすごく失礼な手紙をあの本屋さんにいっぱい書いちゃったんですもの。あのお店へ行くようなことがあっても、名前を言わずに出てきてしまうかもしれないわ。

食料品屋のおじさんの言ったことがわからなかったわけ、私にはどうもよくわかりません。おじさんは「グラウンド・グラウンド・ナッツ」と言ったのじゃないのよ。彼は「グラウンド（粉にひいた――グラウンドはグラインドの過去分詞）・グラウンドナッツ（ピーナッツ）」って言ったんだわ。ピーナッツの呼び方としては、常識的な言い方はこれしかないのよ。ピーナッツは土（グラウンド）の中で大きくなるからグラウンドナッツなのだし、土から掘り出してからグラインド（ひく）するから、グラウンド（ひいた）・グラウンドナッツってことになるわけ。この言い方のほうが、ピーナッツ・バターよりはるかに正確なのよ。あなた、英語もわかんないのね。

女流語源学者

H・ハンフ

一九五二年二月九日

二伸――あなたのお母様、けさから勇敢にも八番街であなたのアパート捜しを始めていらっしゃるわよ。劇場街に捜すように頼まれたからっておっしゃってね。でもマクシーン、八番街も変わったわ。お母様は今の八番街なんてまるで弱いことくらいよくわかっているでしょうに。

1　一八三七年から一九〇一年にかけてのビクトリア女王治世時代。
2　一七一四年から一八三〇年にかけて、ジョージ一世から四世が治世した時代。
3　コンスタンチン・セルゲービッチ・スタニスラフスキー（一八六三―一九三八）。ソビエトの演出家、俳優。いわゆるスタニスラフスキー・システムを樹立して、写真的精密さと考証上の正確さを期することをめざした。自伝『芸術におけるわが生涯』が主著。

モノグサメ。

なにか読むものを送ってくれないと、わたし、死んじゃうから。ブレンターノ書店に行って、何か読むに堪える本があるかどうか見てこなくちゃならないじゃないの。これから送っていただきたい本のリストの中に、ウォルトンの[*1]『伝記集』を加えてくださっても結構。読んでない本は買わないというわたしの主義に反するし、着てもみないで洋服を買うようなものですけれど、ウォルトンの『伝記集』はここの図書館には置いてないのですもの。

でも、四二丁目の分館に行けば、ながめることくらいはできます。貸、出、しは絶対にだめです！　って、司書の女性に言われたのにはビックリしたわ。その場で、それも図書館の三一五号室から持ち出さないで読んじゃいなさい、コーヒー一杯飲まず、たばこ一本吸わず、息もしないで読みなさいっていうわけなのよ。

だから、ウォルトンの『伝記集』はまだ読んでないけど、送っていただいてかまわないの。というのは、Q[*2]がずいぶんと引用しているから、きっと気に入るにきまっています。Qの好きなものは何でも好きになっちゃうんだわ。作り話（フィクション）は別にしてね。架空の人物の身の上に起こった出来事になんか、ぜんぜん興味をひかれませんので。
一日中何をしているの？　お店の奥にすわり込んで、本ばかり読んでいるんでしょう？　どうして本を売ろうとなさらないのよ？

一九五二年二月九日

ハンフより

（ヘレーンは友人に対してだけ使います）

二伸——うまく行けば、四旬節（レント）にはナイロンのストッキングがお届けできると、お店のお嬢さん方、奥様にお伝えあれ。

1　アイザック・ウォルトン（一五九三―一六八三）。イギリスの随筆家、伝記作家。後半生は動乱の世相をよそに悠々自適、名著『釣魚大全』を著わした。ジョン・ダンその他の伝記も書いている。

2　クイラー＝クーチ（前出）のこと。

ヘレーン

もうそろそろ〝様〟という敬称を省いてもよいころだというあなたのお考えにはまったく同感です。あなたは私が堅苦しい人間だというふうに思い込んでいらっしゃるようですけれど、それほどでもないのですよ。でも、これまであなたあてに出した手紙の写しはぜんぶ、会社の書類とじにとじ込まれるものですから、あて名は正式のほうがよろしいかと思ったのです。しかし、この手紙は古書とは関係がないので、写しは取りません。

今日の昼、ナイロンのストッキングが手品みたいに忽然（こつぜん）と現われたのですが、どうやってここに届いたものかさっぱりわかりません。昼食から帰ってきてみると、ナイロン・ストッキングが机の上にあって「ヘレーン・ハンフより」というメモがついていました。いつ、どうやって届けられたのか、だれにもわからないようです。店のお嬢さんたちは大喜びで、自分たちであなたにお礼状を書くつもりのように思われます。

ここしばらく病篤く臥せっておりましたわが社の同僚、ジョージ・マーチン氏は、お気の毒にも先週病院で他界いたしました。マーチン氏の社歴ははなはだ長いので、氏を失った打撃は大きく、国王陛下のご急逝も重なって、われわれ一同、目下悲しみに沈んでおります。

いつもご親切にもたくさんの贈り物をいただくばかりで、どうやってあなたのご好意に報いたらよいのか、ほんとうに困惑してしまいます。イギリス旅行をしてみようというご決心がつきましたら、わが家のベッドを提供しますから、どうぞお好きなだけご滞在ください。それしか、なんともお礼のいたしようもございません。一同からもくれぐれもよろしくとのことです。

拝具

一九五二年二月十四日

フランク・ドエル

ああ、ビックリした。ウォルトンの『伝記集』、ほんとにほんとにありがとうございました。一八〇四年出版の本が一〇〇年以上もたった今でも、こんな完璧な状態を保っているなんてとても信じられないわ。小口を裁ってないギザギザべりの、こんなに美しいしなやかな紙！　一八四一年に自分の名前をこの本に書き込んだウィリアム・T・ゴードンなる男性をつくづくかわいそうに思います。こんなよい本を不注意にも、ただ同然でおたくに売り払うなんて、なんという下劣な子孫を持ったことでしょうね。ほんとに、わたし、そのおバカさんの子孫どもがこの本を売り払う前に、そのお宅の書庫をはだしになって思う存分見て歩きたかったわ。

まったく読んでいてうっとりしてしまう本です。ジョン・ダンが名門のご主人の娘さんと駆け落ち[*1]したためにロンドン塔に幽閉され、飢えに飢えて、ついにほんとうの信仰心に目覚めたことなんて、ご存じだった？　驚いちゃったわ。

ねえ、いいこと、五ドル札同封します。あなたと知り合う前に買った『釣魚大全』なんて、『伝記集』に比べたらぜんぜんガッカリものだわ。これはアメリカで出版された例の見場の悪い大衆向け古典双書のうちの一冊で、著者のウォルトンも、こんな本はとてもたまらん、今後君にもっていてもらいたくない、と言ってますので、残りの二ドル五〇セントですてきな『釣魚大全』を見つけてください。お願いします。

ご用心あそばせ。もし、エラリー・クイーンの連続テレビ・ドラマの脚本書きのお仕事が再契約されたら、来年にはそちらに伺いますからね。ビクトリア朝ふうの書架ばしごによじのぼって、高い棚のほこりを舞い上がらせ、すまし込んでいるみなさんをあわてさせるつもりです。

ところで、エラリー・クイーンの作品を元にして、いささか気どった殺人事件のテレビ・ドラマを書いてること、お話ししましたっけ？　わたしの書く台本にはみな、バレエだとかコンサート・ホールやオペラといったような芸術的背景があって、殺人の容疑者も被害者もみんな教養があるのです。あなたに敬意を表して、いつか稀覯本を扱う商売を背景に使って、台本を一本物してみるわ。あなた、人殺しの役と殺される役とだったら、どっちになりたい？

一九五二年三月三日

H・H

1　ジョン・ダンが一九〇一年に内密で結婚した、主人エジャトン卿の夫人のめい、アン・モアのこと。著者の記憶違いである。

107　1952年3月24日

ハンフ様

かずかずの食料品詰合せの箱、なんとお礼を申しあげてよいものやらほとほと困(こう)じております。小包を頂戴したことなど、かつて一度もございませんでしたもの。こんなことをしていただいて、ほんとうに恐縮いたしております。ただただお礼を申しあげるほかはなく、賞味させていただくのを楽しみにしております。

　こんなふうにお心づかいくださるご親切、ほんとうにもったいなく存じております。ドエルさんの奥様にみなお目にかけたところ、どれもすばらしいとおっしゃっておいででした。

　重ねてお礼申しあげます。ほんとうにありがとうございました。

かしこ

一九五二年三月二十四日

メリー・ボールトン

ヘレーン

（おわかりですね、私はもう手紙のとじ込みなどいっこう気にしておりません）

最近さる個人の蔵書をひとまとめに購入いたしましたところ、ウォルトンの『釣魚大全』のはなはだきれいな本が一冊はいっておりましたので、来週お送りできることをお知らせ申しあげます。お値段は二ドル二五セントばかり、それを差し引かせていただきましても、お預かりしているお金の残高があります。

エラリー・クイーンの脚本はなんだかおもしろそうですね。当地のテレビでそのドラマをいくつか見られるチャンスがあればよいのですが……もう少々活気づかなくてはいけないのです（あなたの脚本のことではありませんよ。イギリスのテレビ番組が、です）。

妻およびほか一同よりなにとぞよろしくとのことです。

敬具

一九五二年四月十七日

フランク・ドエル

ヘレーンさん

乾燥卵の小包、金曜日に届きました。まことにありがとうございました。とても喜んでおります。確か、卵が自由販売になるというようなことを以前申しあげたことがありましたが、今回はそれがさたやみになってしまいましたので、お送りいただきました乾燥卵は思いがけない授かりものとなり、おかげさまで週末のケーキなどに使わせていただくことができました。

主人はセシリーさんに送るために、あの卵を少しばかりお店に持っていくと言っています。夫はセシリーさんの住所を宅に控えておくのを忘れてばかりおりますので。ご存じのことと思いますが、セシリーさん、お店をおやめになり、東洋のほうにおいでのご主人のところへいらっしゃる日を待っておいでのところです。

スナップ写真を数枚同封いたします。主人は、どの写真も実物より悪く撮れている、ほんとうはもっと美男子だと申しますが、まあそう思わせておくことにしておりますの。

シーラは一カ月の休暇で家に帰っており、私たち海岸のほうへ日帰り旅行をしたり、ぶらぶらと見物して回ってきたところです。イギリスの運賃は目の玉の飛び出るほどお高いので、しばらくは家に引きこもらざるをえなくなりました。何よりの念願は車を買うことなのですが、たいへんにお高く、相当程度のよい中古車になりますと、新車よりお値段が張るのです。新車は輸出用なので、国内市場にはごくわずかしか出回らず、お友だちのなかには五年から七年も新車を待っている人が何人かいる始末です。

復活祭の翌日お送りいただきましたベーコンの缶詰、思いがけないごちそうでしたので、あなたがイギリスにいらっしゃりたいという願いがかなえられますよう、シーラが〝とっても霊験あらたかなお祈り〟を唱えるそうです。

この〝霊験あらたかなお祈り〟が聞き届けられれば、あなたには意外な授かりものがあって、すぐにも当地へお遊びにおいでになれることでしょう。

じゃあ、今日はこれまで。重ねてお礼を申しあげます。

一九五二年五月四日（日）

ノーラ

フランク

『釣魚大全』が送られてきた日に、ひと言お礼を申しあげたくお手紙を書くつもりだったのですが——さし絵の木版画だけでも、本のお値段の一〇倍も値打ちがあるわ。ブロードウェーの映画館の入場料と同じお値段か歯冠一本の代金の五〇分の一のお値段で、こんなに美しいものを生涯持っていられるなんて、奇妙な世の中ね。まったく、おたくの本のお値段が実際の値打ちほどもしたら、わたしなどとても買えたものじゃないわ！

ついに、（小説ぎらいの）わたしとしたことが、ジェーン・オースティン[*1]に取りかかり、『自負と偏見』にぼおっとなっていることをお知りになったら、快哉を叫ばれることでしょう。この本、あなたがわたし用のを一冊見つけてくださるまでは、とても図書館に返しにいく気にはなれないわ。

ノーラと、あくせく働いているお店のみなさんによろしく。

一九五二年五月十一日

Ｈ
Ｈ

1　ジェーン・オースティン（一七七五―一八一七）。イギリスの女流作家。作品は習作断片を除いて、完成作は『自負と偏見』を含めて六編ある。イギリス小説史上最大の芸術家であると評する人も多い。

ヘレーン

ご親切にもマークス社あてにお送りくださいましたすばらしい小包、ご相伴にあずかりまして、またまた厚く御礼申しあげなくてはなりません。こちらからも何かお返しの品をお送りできればよいのですが。

ところでね、ヘレーン、今週私ども車を手に入れまして、得意になっているところです。ただね、もちろん新車じゃあないのよ。でも、動くし、動くってことが肝心なんじゃない？　さあ、これで、イギリスにおいでになるって言ってよこされるのじゃあないかしら？

はるばるスコットランドから二週間の予定でやってきた私のいとこたち二人を、ボールトン夫人が泊めてくださったのですけど、とても居心地がよいって言ってました。ボールトンさんがベッドを提供してくださり、私が食事の世話をしたのです。来年の戴冠式のとき、ひょっとしてイギリスまでの旅費のご都合がついたら、ベッドの提供方はボールトンさんがご配慮くださるでしょう。

では、今日はこれでさよならします。わが家の一同からくれぐれもよろしくとのことです。お肉と卵、ほんとうにありがとうございました。重ねて御礼申しあげます。

かしこ

ノーラ

一九五二・八・二十四

ヘレーン

数日前来着の小包三個には私ども社員一同ほんとうに感激いたしましたので、一同に代わってお礼を申しあぐべく、また筆をとりました。骨身を削ってかせいだお金をこんなふうに使われるのはほんとうにご好意が過ぎるようで、私どものことをかくまでお心にかけてくださるご親切を、身にしみて感謝いたしております。

数日前当社にローブ古典対訳文庫[*1]が三〇冊ばかり入荷しましたが、残念ながらホラチウス[*2]も、サッポー[*3]、カトゥルス[*4]もありませんでした。

九月一日から二週間の休暇をとりますが、このたび車を買ったために完全に〝一文なし〟になってしまいましたので、なんでもお手軽に済まさなければならなくなるでしょう。妻には海べ住いの妹がおりますので、彼女がわれわれをあわれんで、お泊まりなさいと言ってくれることを期待しているような始末です。この車は私がはじめて買ったものですので、一九三九年型と型は古いのですが、家族一同わくわくしております。目的の場所まであまり故障しないで動いてさえくれれば、まずは上々吉と申せましょう。

不一

フランク・ドエル

一九五二年八月二十六日

1　アメリカの銀行家であり学者だったジェームズ・ローブ（一八六七―一九三三）が父業の金融業から引退したのち刊行した古典双書で、ギリシャおよびラテン語の古典に英語の対訳を付け、巻数は四〇〇巻におよぶ。

2　クイントゥス・ホラチウス・フラックス（前六五―前八）。ローマの詩人。政治的風刺詩、恋愛詩に長じ、『叙情詩集』全四巻が名高い。

3　（前六一二ごろ―？）。ギリシャ最大の女流詩人。エーゲ海のレスボス島に生まれた。作風は率直大胆、美しい音調で自然を詠じ、古来きわめて高く評価されてきた。

4　ガーユス・ワレリウス・カトゥルス（前八四ごろ―前五四ごろ）。ローマの叙情詩人。若き日に知った貴族の妻クローディア（詩の中ではレスビアと呼ばれている）への愛をうたった一連の詩は、特に美しさと真実味にすぐれている。

フランキー、休暇でお留守だった間に、だれが尋ねてきたと思う？　サミュエル・ピープスよ！　どなたが送ってくださったのか知らないけれど、わたしに代わってお礼を申しあげてください。ピープスは一週間前にやってきて、タブロイド版くらいの大きさの新聞紙四枚の中から現われいでました。ほんとうにきれいな濃紺の装丁の三冊本です。お昼を食べながらまずタブロイドの新聞を読み、夕飯のあとでピープスの日記を読み始めました。

ピープスは、わたしのところへ来たのがう、れ、し、く、て、た、ま、ら、な、いとあなたに伝えてくれって言っています。彼はここへ来る前は、ページも切らないようなおばかさんのところにいたのです。いまページをスッパ、スッパと切り離しているところ。こんなに薄いインディアン・ペーパーを見るのははじめてです。アメリカではこのごく薄手の紙を〝玉ネギの皮〟と呼んでいますが、とても言いえて妙な表現だと思います。もっと厚い紙だったら、六、七冊にはなってしまいましょうから、インディアン・ペーパーには感謝してますの。わたしのところには書棚がたった三つあるきりで、捨ててもよい本はもうごくわずかしか残ってないのです。

毎年春になると書棚の大そうじをし、着なくなった洋服を捨てちゃうように、二度とふたたび読むことのない本は捨ててしまうことにしています。みんなこれにはあきれていますが、本に関しては友人たちのほうが変なのです。彼らはベストセラーというと全部読んでみますし、しかもできるだけ早く読み通してしまうのです。ずいぶん飛ばし読みをしているのだと思います。そして、どの本もけっして読み返すということがないので、一年もたてばひと言だって覚えていません。

それなのに、友人たちはわたしが紙くずかごに本を捨てたり、人にあげたりするのを見ると、あきれかえります。それを見守る彼らの目付きときたら、本というものは買って、読んだら、書棚にしまって、生涯二度とひもとかなくてもいいの、でも、捨てたりなんかしちゃだめよ！　まして、ペーパー・バックでない本はだめ！　と言ってるようなの。なぜいけないのかしら。世の中に、悪書や二流の書物ほど軽蔑すべきものはないというのがわたしの意見です。

きっと奥さんとお二人ですてきな休日を楽しんでいらしたことでしょうね。わたしは休日をセントラル・パークで過ごしました。というのは、おチビさんの歯医者のジヨーイがハネムーンにでかけたので、こっちも一カ月間歯医者通いはお休みになったの。ハネムーンの費用、わたしがかせがせてあげたようなものよ。去年の春、歯に全部歯冠をかぶせるか、一つ残らず抜いちゃわなくちゃあいけないって言われたことお話ししましたっけ？　わたし歯のないことには慣れてないものですから、歯冠をかぶせてもらうことにしました。でも、費用が天文学的数字でものすごいんです。だから、エリザベス女王の戴冠式には行けないの。むこう二年間、冠を戴くのはわたしの歯だけなのだわ。

でも、本を買うのをやめるつもりはありませんので、なにかよい本、手に入れてくれなきゃだめよ。ショー[*1]の演劇評論、捜していただけないかしら、お願い。ついでに音楽評論も。数冊はあると思いますので、なんでもいいから、見つかりしだい送ってください。ねえ、フランキー、いいこと？　これから寒くて長い冬が来るでしょ。そして、わたし夜分はベビーシッターをしに行きます。だから、読むものがいるのよ。すわり込んでちゃだめよ、何か本を見つけにいってよ。

一九五二年九月十八日

h h

1　ジョージ・バーナード・ショー（一八五六―一九五〇）。イギリスの劇作家、小説家、批評家。『キャンディダ』、『シーザーとクレオパトラ』、ミュージカル「マイ・フェア・レディ」の粉本となった『ピグマリオン』、『人と超人』、ジャンヌ・ダルクに取材した『聖女ジョーン』などの作品がある。一九二五年にはノーベル文学賞を受賞した。

〝チャリング・クロス街八四番地のお友だちのみなさん〟へ

『愛書家のための名文選集』[*1]が包装紙の中から現われいでました。総金箔(きんぱく)押しの浮出し模様のある革表紙、小口は金縁、手っ取り早く言ってしまえば、ニューマンの初版本を含めて、私の持っているものの中でいちばん美しい本です。まるで発行当時そのままのように新しくて、一見だれの手にも触れられたことがないみたいですが、じつはちゃんと読んだ人がいるのです。というのは、この本の中でいちばん楽しい個所が何個所か、パラッと自然に開くのです。まるで、前の所有者の霊が私の読んだことのない詩を教えてくれているようです。トリストラム・シャンディ[*2]が父親のすばらしい書庫を描写して、「大鼻についてかつて書かれたことのあるあらゆる書籍・論文の類が収められている」と言っているのと同じようなものです（フランキー！　『トリストラム・シャンディ』、私に見つけてきて！）。

どうみてもあなたと私のクリスマス・プレゼントの釣合いが取れていないように思

えてなりません。あなた方にさしあげたプレゼントは一週間もすれば食べ尽くしてしまって、新年までには、その跡形すら消えてしまうのです。ところが私のほうは、死ぬ日まで手もとにおいておけて——しかも、この本を愛してくれるだれかほかの人のためにあとに残すことを承知のうえで死んでいくのですから、私、しあわせです。本の中じゅうあちこちに鉛筆で薄くしるしをつけて、だれか後世の愛書家のために、いちばんよく書けているくだりを教えてあげることにしましょう。

みなさん、どうもありがとうございました。

よいお年をお迎えください。

ヘレーン

一九五二年十二月十二日

1　本作りや読書の楽しみ、書籍収集の喜び等を語る随筆を集めたもの。

2　イギリスの作家ローレンス・スターン（一七一三—六八）の代表作。筋らしいものもない風変りな作品だが、発表当初から異常な成功を収めた。第二の名作『センチメンタル・ジャーニー』も有名である。

ヘレーン

こんなに長いことお手紙さしあげませず、ほんとうにごめんなさいね。アドレー[*1]のことでがっかりなさったのでなければよいと思っています。たぶん次回には、彼にももっとつきが回ってくることでしょう。

ボールトン夫人がおっしゃるには、来年の夏まだ生きていれば、喜んでお泊め申しあげますとのことです。でも、あの年配のご婦人で、あの方ほどお達者な方は存じあげませんし、きっと一〇〇歳まで長生きなさることでしょう。とにかく、いつもいらっしゃってもどこかに泊めてさしあげられます。

クリスマスにはおいしいものを数々お送りくださってありがとうございました。ヘレーン、あなたのご親切は度が過ぎるみたい――だから、マークス社の人たち、来年あなたがお見えになったとき、歓迎会しないようだったら、鉄砲に撃たれてもしかたがないわ。

すてきなクリスマスをなさってくださいね。では、ごきげんよう。一家じゅうが感謝しております。
神様のみ恵みがあらんことを！

ノーラ

一九五二・十二・十七

1　アドレー・ユーイング・スチブンソン（一九〇〇—六五）。アメリカの政治家。一九五二年、民主党から大統領候補として立ったが、アイゼンハワーに敗れた。

フランキー、まあ聞いてちょうだい。

きっとおなかをかかえて笑いだすわよ——

まず、三ドル同封いたしますので、どうぞご受納ください。『自負と偏見』到来、柔らかい革表紙といい、一点のきずもない楚々たる風情といい、まさにジェーンはかくありしかと思われるような装いの本です。

ところで、エラリー・クイーンの放映が終わり、わたし、相変わらずあちこち動き回っています。たまるのは歯医者さんの請求書ばかりで青くなっているところへ、有名な人たちの伝記に出てくるエピソードを脚色するテレビ番組の粗筋を書いてみないかと言われたので、家に飛んで帰り、有名なお方の伝記からエピソードをひとつ拝借して書いて送ったところ、採用してくれました。

そしてちゃんとした脚本にしたら、気に入ってくださって、この秋にはもっとお仕事をくださるそうです。

で、その脚本にどんなエピソードを使ったとお思いになる？　ウォルトンの伝記から、「ご主人のお嬢さんと駆け落ちした[*1]ジョン・ダン」というのを書いちゃったのよ。テレビを見る人たちで、ジョン・ダンってどんな人なのかちょっぴりだって知ってる人なんか、一人もいないでしょうけれど、ヘミングウェーのおかげで、〝人間は島にあらず〟[*2]ってことはだれでも知っているから、ただそんなことを混ぜて脚本にしたら、採用してもらえたっていうわけ。

そんないきさつで、ジョン・ダンがテレビ番組「ホールマーク名作劇場」[*3]に登場し、送ってくださったご本全部のお値段と歯五本分の治療代になったわけです。

戴冠式の日には夜明け前にベッドからはい出して、式の模様をラジオで聞くつもりでおります。あなた方みなさまのこともしのびますわ。

ごきげんよう

一九五三年五月三日

h
h

1　ご主人エジャトン卿の夫人の姪（前出）が正しい。

2　ヘミングウェー（一八九九―一九六一）が『誰がために鐘は鳴る』の書き出しの部分に引用したジョン・ダンの文章の一節。『誰がために鐘は鳴る』というタイトルもこの文章の続きから引用したもの。

3　グリーティング・カードやトランプなど多くの種類のカードを製造発売しているホールマーク社提供のテレビ番組。数々の名作を放映した。

ヘレーン

とりあえず一筆お知らせいたします。ご送付くださった小包、六月一日に安着、戴冠式の祝賀会にちょうど間に合いました。当日は友人たちが大ぜいテレビを見にわが家へ来ましたので、ハムは最上のごちそうとなりました。そのお味ははなはだよろしく、われわれ一同女王陛下の健康と同時にあなたの健康を併せて祝い、乾杯しました。汗水流してかせがれたお金を、こんなふうにわれわれのためにお使いくださるご親切、まったく感謝に堪えません。他の社員たちも私ともども大いに謝意を表しております。

ご多幸のほどせつにお祈り申しあげます。

敬具

一九五三年六月十一日

フランク・ドエル

ヘレーン

もうクリスマスにはお店になんにも送っちゃだめよ。それを申しあげたくて、大急ぎでこれをしたためています。もうなんでも自由販売になり、ナイロンのストッキングだってちょっとしたお店に行けば手にはいるようになったのです。歯の治療が終わったら、その次にいちばん大事なことはイギリス旅行なのですから、どうかお金を節約してくださいね。ただ、一九五四年には一家でイギリスを離れますので、そのときははずしてくださいね。五五年になったらもどりますので、お出かけください。そしたら、宅に泊まっていただけますわ。

主人からの手紙によりますと、次に既婚者用の宿舎があけば、今度は私たちが入れてもらえる順番なので、あすにでも私たち家族に〝召集〟がかかるだろうということです。私も子供たちもクリスマス前には主人に会えるものと期待しているのですよ。主人はペルシャ湾のまん中にあるバーレン島で元気に楽しくやっています（地図、お持ちかしら?)。でも、宿舎にはいれるようになったら、イラクのハバニアにあるイギリス空軍の基地にもどることになるでしょう。で、万事好都合にいけば、私は子供たちを連れてハバニアへ行って、いっしょに暮らします。

またすぐお便りくださいね。たとえ、私が急に出発するようなことがありましても、あなたからのお手紙は母が転送してくれることになっております。

くれぐれもおしあわせに——

一九五三・九・二十三

ミドルセックス県　ピナー　イーストコート　ボールドミア通り

セシリー

スワッタママスマシタ顔デ、当社デハコノ厚ボッタイ図書目録ヲ発行イタシテオリマスノデ一部オ送リサセテイタダキマス、トデモオッシャルオツモリ？　第一、ワザワザ送ッテクダサルナンテコト、コンドガハジメテデハナイカ。ナンジハ下郎ナルカ。

お国の王政復古時代[*1]の劇作家で、相手かまわず下郎呼ばわりした人がいましたが、だれだったか私には思い出せません。私はただこの言葉を文章の中でいちど使ってみたかっただけなのです。

目録の中で、私の興味をひきそうなのは、あいにくながら、カトゥルスだけです。ローブ古典対訳文庫ではありませんけれど、これでも間に合いそうな感じがします。まだ在庫がありましたら、お送りください。六シリング二ペンスをご換算くださりしだい、ご送金いたします。キャサリンさんとブライアンさん、郊外に引っ越してしまったので、換算してくれる人がいなくなっちゃったのよ。

来月は、奥様とお嬢さん方を毎週日曜日に教会へおつかわしになって、ジリアム、リース、スナイダー、キャンパネラ、ロビンソン、ホッジス、フューリロ、ポドリス、ニューカム、ラバイン——つまりまとめて言うなれば、ブルックリン・ドジャーズの面々——の健康と体力が長持ちしますようにって祈ってくださるように頼んでいただけたら最高だわ。もしドジャーズがこんどのワールド・シリーズで負けでもしたら、私、死ンジャウカラ。そうしたら、あなたどうなさる？

ド・トックビルの[*2]『アメリカ紀行』、在庫あります？　だれか私のトックビルの本持ってっちゃって、返してくれないのです。ほかのものならけっして盗もうなんて思わない人でも、本だけは黙って持ってっちゃってもぜんぜんかまわない、と思っているのはなぜでしょう？

メガン・ウェルズさん、まだお店にいらっしゃるのでしたら、よろしく。セシリーさんはどうしていらっしゃいますか、イラクから帰ってらした？

一九五五年九月二日

ヘレーン

1　一六六〇―八五年のチャールズ二世の治世の時代をさす。ときに一七〇二年のアン女王の即位までをいう場合もある。

2　アレクシ・シャルル・アンリ・モーリス・クレレル・ド・トックビル（一八〇五―五九）。フランスの政治家、歴史家。ノルマンジーの貴族の家に生まれた。社会主義、ナポレオン三世に反抗し、そのクーデター後は郷里の所領に帰って、主として歴史の著述に従事した。『アメリカの民主主義』『旧制度と大革命』が代表作。『アメリカ紀行』一、二巻は、一八三五年と四〇年にそれぞれ刊行された。

ヘレーン

その後のごぶさた、たいへん申しわけなく思っております。いいわけがましいのですが、じつはかぜを少々こじらせて、二週間ばかり欠勤していたのです。で、出社したら、仕事がどっとなだれ込んできた、という次第です。

当社の図書目録にありますカトゥルスのことですが、これは、貴信拝受いたします前に、すでに売れてしまいましたので、別の版をお送りいたしました。ラテン語の原文も収められており、詩はサー・リチャード・バートン訳[*1]、散文はレナード・スマイザースの英訳もついており、大きな活字で印刷されていて、全部で三ドル七八セントです。装丁はそれほどりっぱではありませんが、程度のよい本で、よごれてもおりません。ド・トックビルの本は一冊も在庫がございませんが、捜してみる所存です。

メガンさんはまだ当地におりますが、南アフリカへ行って生活するつもりのようです。私たちはみな、よしなさい、と言っているのですが。セシリー・ファーさんは、東洋にいるご主人のところへ出かけていったっきり、ぜんぜん消息がありません。もっとも留守にするのは一年間だけの予定です。

ブルックリン・ドジャーズは喜んで応援いたしますよ。ただし、あなたもお返しに、わがサッカー・チーム〝無鉄砲者(ホットスパーズ)〟(ご存じないのがあたりまえですが、〝トッテナム無鉄砲者(ホットスパーズ)サッカー・クラブ〟というのがこのチームの正式名称です)に声援を送ってくださいませんか。現在、リーグのビリから二番目に低迷しているのです。ですが、シーズンは来年の四月まで続きますので、窮境から脱する時間は十分あるわけです。

ノーラはじめ一同よりクリスマスと新年のおよろこびを申しあげます。

敬具

フランク・ドエル

一九五五年十二月十三日

1　リチャード・バートン（一八二一―九〇）。イギリスの旅行家。長大な旅行記を書き、またアラビア語が堪能で『アラビアン・ナイト』をはじめ、アラビア文学の古典をいくつか英訳している。

ベッドから起き出してこの手紙を書いてます。カトゥルスのせいで眠れなくなっちゃったのです。

つまり、この本はとてもわたしの理解のおよばないものだと言いたいわけ。

これまで私が聞いたことのあるリチャード・バートンという名の男性は、以前二度ほどイギリス映画で見た若くってハンサムな俳優だけでしたが、この新しいリチャード・バートンなる男性の名前など聞かなければよかったわ。この人、カトゥルス——カトゥールスともあろうお方の文章——をわざわざビクトリア朝ふうのおセンチな英語に変えちゃったので、サーの称号なんかもらっちゃったのかしらね。

それからおかわいそうにスマイザースったら、お母さんがあの本を読みはしないかとビクビクものだったにちがいないわ。彼ったら、あの本がぜんぶわかった暁には、自殺したいなんて思うのじゃないかしら。

まあ、それはいいとして、今度はラテン語原典だけのきれいなカトゥルスを見つけてきてね。キャッスルの辞書を買ったので、むずかしい個所も読み解いてみせます。メガン・ウェルズさんに、どうかしているわって伝えてください。文明にうんざりしたのなら、なぜシベリアの岩塩坑（ソルト・マイン）へ働きにいかないのかしら？

もちろんしますとも。無鉄砲者（ホットスパーズ）と名のつくものならなんでも喜んで応援します。

来年の夏に備えて、前から銀行に貯金しています。テレビ局が夏までずっとかせがせてくれれば、ついには御地へ行くことができるでしょう。お店とセント・ポール寺院、国会議事堂、ロンドン塔、青物市場、オールド・ビック劇場も見たいし、お年寄りのボールトン夫人にもお目にかかりたいわ。

板紙抜きのしなやかな白い装丁で、白絹の蔵書票がまだくっついている、あのカトゥルスの代金として一〇ドル札同封します。フランキー、こういう本、どこで見つけるの?!

h
h

一九五六年一月四日

ヘレーン

長いことお便りさしあげずに失礼しましたが、今日までのところお送りすべき書籍が一冊もなく、カトゥルス事件のあとだけに、相当の期間、中休みをおいてからお手紙さしあげるのが最上だと考えたわけです。

ロブのさし絵のある非常にきれいな版の『トリストラム・シャンディ』をやっとのことで見つけましたよ。お値段は二ドル七五セントくらいです。それに、一九〇三年オックスフォード刊のベンジャミン・ジョーエット訳によるプラトン[*1]の『ソクラテス的対話四編』[*2]も一冊手にはいりました。一ドルですが、ご入用ではありませんか？当方でお預かりしている額は一ドル二二セントですので、この二冊分の不足額として、二ドル五三セントお払いいただければよろしいわけです。

この夏ついにイギリスにおいでになれますか？ ご返事をお待ちしております。娘たちは二人とも学校の寄宿舎にはいっていて留守ですので、オークフィールド・コート三七番地のあきベッドは、どちらでもお好きなほうをお使いになれるわけです。ボールトン夫人は老人ホームに引き取られました。とてもお気の毒でしたが、少なくともホームにいればめんどうはみてもらえるでしょう。

敬具

一九五六年三月十六日

フランク・ドエル

1　プラトン（前四二七ごろ―前三四七）。古代ギリシャ最大の観念論哲学者。ソクラテスに師事し、特にそのイデア説は哲学の歴史に決定的な影響を与えた。彼の哲学思想は対話形式によって展開されるのが特徴である。

2　プラトンの生涯の中期に書かれた『ゴルギアス』『メノン』『エウチュフロン』『クリトン』の四編をさす。

フランク

ブライアンさんが、ケネス・グレアムの[*1]『楽しい川べ』を教えてくださいましたので、ぜひ手に入れたいと思います――シェパード[*2]のさし絵のある版にしてください。でも、すぐお送りくださらずに、九月まで待って、新しい住所に送るようにしてくださいませんか。

この住み心地のよい茶色の砂岩造りの建物にも、寝耳に水のことが出来(しゅったい)いたしました。先月、部屋をあけてくれと予告されたのです。改築するのだそうです。私、いよいよアパートらしいアパートに住んで、ちゃんとした家具を備えるときがきたのだと覚悟を決めました。そこで思い立って、二番街の新しいビルの建設現場まで出向き、まだ建ってもいない2DKのアパートの賃貸契約にサインしてきました。そして、イギリス旅行のためにためておいたお金を全部はたいて、家具だの書棚だの、部屋に敷きつめる絨毯(じゅうたん)などを買いに走り回っております。いままでずっと古ぼけた家具の部屋やゴキブリのいる台所に縛りつけられていたのですから、こんどこそ貴婦人のような生活がしてみたいわ。またお金がたまるまで、イギリス行きの延期は覚悟のうえです。

ところで、大家さんたら、私たちをもっと早く出ていかせようとして、管理人を馘(くび)にしてしまったので、お湯をくれたり台所のごみを捨ててくれたりする人はいなくなってしまい、郵便受けや廊下の電灯設備をはぎ取っちゃうし、(今週などは) 私の部屋の台所と浴室の間の壁まで取り払っちゃったのです。これに加えて、ブルックリン・ドジャーズは私の目の前でやっつけられるし、私のこの悩みはだれもわかってくれないでしょうね。

そうそう、新しい住所をお教えしなくては――

九月一日以後は、
ニューヨーク州　ニューヨーク　二一区　東七二丁目三〇五番地、です。

一九五六年六月一日

h
h

1　ケネス・グレアム（一八五九―一九三二）。イギリスの児童文学作家。その著『楽しい川べ』は世界中の少年少女に愛読された。

2　アーネスト・シェパード（一八七九―一九七六）。イギリスの漫画家、さし絵画家。ミルンの『クマのプーさん』等四つの作品のさし絵を書き、大人気を博した。『楽しい川べ』のほか五〇冊に余る本のさし絵を書いている。

ヘレーン

びっくりしないでくださいよ。この間ご注文のあった書籍、三冊とも郵送いたしましたので、一週間くらいで着くでしょう。どうしてそんなことができたのかなどとおききにならないでください――これしきのことはマークス社のサービスの一端にしかすぎません。請求書を同封いたしますが、不足額は五ドルです。

数日前、あなたのお友だちが二人わが社に立ち寄られました。お名前は失念しましたが、若いご夫婦でとても魅力的な方たちでした。ちょっと立ち寄られて一服されただけなのは残念でした。翌朝また旅を続けられるとかで――。

ことしは例年になくアメリカからの観光客が多いようです。何百人という弁護士さんの団体も来て、出身地の町の名や自分の名前の書いてある大きなカードをピンで洋服の胸につけて歩き回っています。みなさん旅行を楽しんでおられるようにお見受けしますので、来年こそはあなたもなんとかしてイギリスへお出かけください。

一同よりよろしくとのことです。

一九五七年五月三日

フランク

〔一九五七年五月六日、ストラトフォード・アポン・エーボン発信の葉書〕

ヘレーン

前もって教えておいてくれたらよかったのに！　あなたのごひいきの古本屋さんに行って、あなたのお友だちだと言ったら、お店の人がみんな出てきちゃって大騒ぎだったのよ。あなたのフランクさんは、週末に自宅へ呼んでくださいました。マークスさんもわざわざお店の奥から出てこられ、〝ハンフさんのお友だち〟と握手をし、居合わせた人たちはみな、私たちと一杯やりたいとか、いっしょに食事をしようとか、誘ってくれました。私たち、命からがら逃げ出したのよ。

あなたのいとしのウィリアム[*1]の生家がさぞ見たいことだろうと思って、この絵葉書を送ることにしました。

これからパリへ発ち、コペンハーゲンに寄って、二十三日に帰国します。

ジニーとエドより

1　ウィリアム・シェークスピア（一五六四―一六一六）のこと。

ねえ、フランキー――

ノーラに住所録を書き直すように伝えてね。あなたのクリスマス・カード、今ようやく受け取ったのよ。ノーラったら、東九五丁目一四番地の旧住所に出したのですもの。

『トリストラム・シャンディ』をどんなに愛情をこめていつくしんでいるか、もうお手紙に書いたかどうか覚えてないけれども、ロブのさし絵にはうっとりさせられました。このさし絵なら、トリストラムのおじさんのトービーが見たとしても、満足したことでしょう。

ところで、見返しにさし絵入りマクドナルド古典文学双書の別の本のリストが載っていて、その中に『エリア随筆』[*1]がはいっています。この本、マクドナルド版でほしいわ――でなければ、きれいな版ならどの版でも結構です。もちろん、もしお値段が手ごろならよ。もはや安いものなんてひとつもないご時世ですものね。手ごろなだけです。あるいは〝まあまあのお値段〟というところ。道の向かいの建設中のビルに、こんな看板が掲げてあります。

「ベッドルーム一室と二室のアパート　納得のいくお家賃」

ところが、けっして納得のいくお家賃なんていうものではないの。それに、広告では何と言おうと、今どき手ごろなお値段でモタモタしているものなんて、およそ何一つありゃしません。広告はもう広告なんてものではなく、売らんかなの根性まる出しですわ。

わたしは目の前で英語がメチャクチャにくずれていくのを見守りながら、生きていくのです。ミニバー・チービーみたいに[*2]、生まれてくるのがおそすぎたのだわ。で、ミニバー・チービーのように、わたしはせきばらいをして、これをわが運命とあきらめ、ますます飲酒にふけるのです。

一九五八年一月十日

ニューヨーク州　ニューヨーク　二二区　東七二丁目三〇五番地

hh

追伸——プラトンの『ソクラテス的小対話編』[*3]はどうなりましたか？

１　イギリスの随筆家、チャールズ・ラム（一七七五—一八三四）が一八二〇年から『ロンドン・マガジン』に寄稿を始め、のちまとめて出版した随筆集。身辺のこと、心象風景等が描かれている。

２　Ｅ・Ａ・ロビンソン（一八六九—一九三五）の著わした詩集『川しもの町』に収められている詩の主人公の名前。「ミニバー・チービーはせきばらいをし……」以下はほぼ詩の原文どおり。

３　ソクラテスの死後最も早く作られた対話編で『ヒッピアス小編』以下七編がある。

ヘレーン

いつぞやのお手紙にご返事がたいへんおくれましたことを心からおわび申しあげます。じつは、わが家は大騒ぎだったのです。家内が数カ月入院いたしまして、家のことで手いっぱいでした。家内はもうすぐ全快というところまでこぎつけまして、一週間もすれば退院できるでしょう。つらいめに遭いましたが、国民健康保険のおかげで、お金は一銭もかかりませんでした。

マクドナルド版古典双書は確かにときどき数冊入荷することがありますが、現在は在庫ゼロです。ラムの『エリア随筆』は以前数冊あったのですが、休日にお客さんが殺到して品切れになってしまいました。来週は仕入れの旅に出ますので、一冊捜してまいりましょう。プラトンも忘れているわけではありません。

あなたが、きっと楽しいクリスマスを過ごされたことと、私ども一同考えております。娘たちからクリスマス・カードを旧住所あてにお出ししたことをおわび申しあげます、とのことでした。

一九五八年三月十一日

敬具

フランク

ヘレーン

お手紙二通ほんとうにありがとうございました。ヘレーン、何かお送りくださるというお心づかい、感謝に堪えないのですけれど、ほんとに何も足りないものはないのです。私たち自身で古書店でも経営していさえすれば、本を何冊かお送りして、あなたのご親切に報いることができましょうに。

最近撮りました、しあわせなわが家のスナップ写真を数枚同封いたします。もっとよく撮れたのをお送りできるとよいのですが、いちばんよいのは、みな親戚に送ってしまったようですの。

たぶんお気づきになることと思いますが、シーラとメリーはまったくうり二つでしょ。これはちょっと人目をひきます。主人が申しますには、メリーの成長過程を見ていると、シーラの同じ年のころと寸分違わず似ているとのことです。シーラの産みの母親はウェールズの出身で、私は緑の島アイルランドの出ですから、きっと二人ともフランク似なのですね。でも、フランクよりはととのった顔をしています。もちろん、主人はそんなことはないと言うに決まってますけれどね！

私が手紙を書くのがどんなに苦手かおわかりになったら、私のことをかわいそうだとお思いになることでしょう。主人は、お前はおしゃべりなくせに、手紙を書くとなるとじつにまずいなあ、と申しますの。

何度もお手紙いただきまして、重ね重ね御礼申しあげます。おしあわせに。

神様のみ恵みがございますように！

ノーラ

一九五八年五月七日

ヘレーン

この悪いお知らせ、どこから切り出してよいものやらほとほと困惑しております。あなたのお友だちに、『オックスフォード英語簡易辞典』はいかがでしょうかと申しあげた二日あとにお客さんが一人見えて、私がちょっと目をそらしている間に買われてしまいました。もう一冊手にはいらぬものかと期待してご返事するのを延ばしておりましたが、いまのところツイておりません。お友だちをがっかりさせて、はなはだ申しわけなく思っておりますが、取っておくべきだったのにそれを怠った私が悪いのですから、すべて私のせいにしてくださって結構です。

ジョンソン[1]のシェークスピア論ですが、ウォルター・ローリー[2]の序文のあるオックスフォード刊の在庫がたまたまありましたので、本日書籍小包でお送りします。お値段は一ドルと五セントにすぎず、お預かりしている金額で十分間に合いますし、おつりが出ます。

あなたの書いたテレビドラマがハリウッドに買われてしまい、来年の夏もアメリカから観光客はやって来ても、お会いしたいと思う肝心のあなたはいらっしゃれないとのこと、一同がっかりしております。ニューヨークを離れて南カリフォルニアのハリウッドに移るのを拒まれたとのこと、そのお気持ち、私にはよくわかります。われわれ一同、あなたがハリウッドに行かなくても済むようにお祈りすると同時に、何か別のお仕事がすぐありますようにと祈っております。

敬具

一九五九年三月十八日

フランク

1　サミュエル・ジョンソン（一七〇九―八四）。イギリスの詩人、批評家。イギリス初の英語辞典を単身独力で完成し、彼の名を不朽のものとした。批評家としての最大の仕事は、晩年になって書いたシェークスピアの校訂本の序文と注釈。

2　サー・ウォルター・ローリー（一八六一――一九二二）。イギリスの文学者。オックスフォード大学英文学教授。批評家としてもすぐれ、ミルトン、ワーズワース、シェークスピアの評伝がある。

ハイケイ

一筆啓上。仕事を得ました。

助成金を獲得したのです。ＣＢＳから五〇〇〇ドルもらいました。これで一年間生活をし、アメリカ史を戯曲化することになっています。七年間イギリスの占領下にあったニューヨークについての脚本から書き始めたのですが、私は大いに憤っています。そして、その憤りを超越して、こんなに友好的で寛大なお手紙をさしあげられる自分に驚き、怪しんでおります。一七七六年から一七八三年にかけての当地でのイギリスのやり口は、醜悪きわまりないいいいものです。

『カンタベリー物語』[*1]の現代語訳版のようなものありますか？　気がひけることながら、私はチョーサーを一度も読んだことがないのです。じつは、博士号を取るのに古代英語と中世英語を勉強しなければならなかったお友だちから、古い英語はやらないほうがいいと忠告されたのです。なんでも好きなテーマで、初期古代英語を使ってエッセイを書きなさい、と命じられたそうです。「それはいいのよ」と彼女ったらにがにがしげに言ってたわ。「ただね、古代英語を使って書けるエッセイのテーマというと、『ミード・ホールで千人虐殺する法』なんていうのしかないのよ」ですって。

このお友だち、『ベーオウルフ』[*2]とその衣鉢をついだとはいえない『シードウィース』——それとも『ウィードシース』[*3]だったかな?——のこともトコトン語ってくれました。でも、こんな本は読んでもしょうがないわって彼女が言うものだから、古代英語と中世英語の作品にはからっきし興味が持てなかったの。だから、現代語訳のチョーサーを送ってください。

ノーラさんによろしくね。

ヘレーン

一九五九年八月十五日

1　中世イギリス最大の詩人、ジェフリー・チョーサー(一三四〇?—一四〇〇)の著作。チョーサーの最後にして最大の傑作といわれる散文まじりの長編叙事詩。一四〇〇年ごろの作とされる。

2　古代イギリス文学最高の傑作であり、中世前期のゲルマン民族の英雄詩の完全に保存されたものとしては最大のものである。八世紀前半の作と考えられるが、作者は不明。現存の写本はただ一種、大英博物館所蔵の一〇世紀末のものである。

3　最も古い英詩『ウィードシース（遠く旅せる人）』は、ある架空の吟遊詩人ウィードシースが三、四世紀から六世紀ごろまでの間に北欧民族の宮廷を歴訪して優遇されたことをうたった詩であり、成立は七世紀後半ごろではないかとされている。なお、本文中で『ベーオウルフ』のほうが『ウィードシース』より古いような書き方がしてあるのは、著者の記憶違いである。

ヘレーン

助成金を獲得されて、お仕事をまた始められた由、われわれ一同大喜びしております。イギリスの〝合衆国占領〟をテーマとして取りあげられたこと、われわれはいっこう気にかけていません。でも一つだけ申しあげておきたいのは、若い同僚の一人が、あなたのお手紙を読むまで、イギリスがかつて〝合衆国〟を占領したことがあるなんてぜんぜん知らなかった、と言ったことです。

『カンタベリー物語』につきましては、最高の学者でも現代英語になおすことは敬遠していたように思われますが、一九三四年にロングマンズ社から出た版が一つだけあります。これは『カンタベリー物語』だけを現代語訳したもので、訳者はヒル、これならまちがいないと思います。もう絶版になっていますが（もちろんのことながら！）、装丁のよい古書を目下捜しております。

不一

一九五九年九月二日

フランク

フランキー、教えてもらいたいことがあるの——

お友だちからクリスマス・プレゼントに現代双書（モダン・ライブラリー）のジャイアント版を一冊いただいたんですが、こんな本のあったこと、ご存じ？

ニューヨーク州議会の会議録にも劣る装丁で、目方ときたらそれより重いのです。

わたしがジョン・ダンの好きなことを知ってる男性が贈ってくれたもので、タイトルはこうです。

ジョン・ダンの全詩作と散文抄および

ウィリアム・ブレーク[*1]の全詩作（？）

クエスチョン・マークはわたしがつけました。この二人、二人ともイギリス人で詩を書いた、という以外に何か共通なものがあるかしら？　教えてくださらない？　ひょっとしてその説明がありゃしないかと思って、ためしに序文を読んでみました。序文は四部に分かれています。第一部、第二部にはジョン・ダンの教授時代のことが書かれ、著者の制作した版画のさし絵および評論からの引用もあります。第三部は次のように始まるのですけど、わたしが引用しようとは、よもやお釈迦(しゃか)様でもご存じあるまい――

ほんの子供だったころ、ウィリアム・ブレークは夏の野原のさ中にある一本の木の下に大予言者エゼキエル[*2]の姿を見たことで、母親からしたたかにしかられた。わたしもブレークのお母さんに賛成です。つまり、主イエス・キリストの後ろ姿を見たとか処女マリアのお顔をかいま見たとかいうことならよいのです――でも、予言者エゼキエルを見たいなんて思う人、いったいいるかしら？

とにかくわたし、ブレークは好きじゃないの。ブレークはとかく気弱く、幻想の世界へ逃げ込みすぎるからです。私が今問題にしているのは、ジョン・ダンのこと。とにかく、何がなんだかわからなくなってきたの。フランキー、ぜひ手を貸していただかなくては。

そうだったんだわ。ひじ掛けいすに丸くなって、ラジオから流れる何か昔の静かな曲――コレルリ[*3]かだれかの曲だったわ――を聞きながら、この世の中に対してとてもなごやかな気分でいたのよ。ところが、テーブルの上にはこいつ、ほら現代双書(モダン・ライブラリー)のジャイアント版がある——そこでわたしは考えたの——〈ジョン・ダンの「説教」第一五から代表的なところを三節、読みあげることにしましょう〉って。ダンの作品は声を出して読まなければだめなのよ。バッハの遁走曲(フーガ)みたいなんですもの。「説教」第一五からノーカットの節を連続三節、声を出して読んでみるなんて無邪気なことをやってみたわけをお知りになりたい？

現代双書のジャイアント版の現代語訳を読み始めて、「説教」第一五を捜していくとやがて見つかります——抄録の一、二、三とあり、抄録一の終わりまできたとき、イゼベル[4]を省いていることが、はじめてわかります。そこで『ダンの説教文集選』（ローガン・ピアソール・スミス）[5]を調べてみます。すると、「説教」第一五の抄録一を捜し出すのに二〇分を要するわけ。というのは、ローガン・ピアソール・スミスによると、それは「説教」第一五の抄録一ではなく、第二二六節「ものみなすべて死す」という項目になっているからです。で、いざそこを見つけてみると、スミスもイゼベルを省略していることがわかります。そこで、ジョン・ダンの『全詩集・散文抄』（ノンサッチ・プレス版）に当たってみると、ここにもあいにくイゼベルは載っていません。

そこで、『オックスフォード名文選』で捜すのにまた二〇分はかかります。ここでは、「説教」第一五の抄録一ではなくて、第一一三節「この公平なるもの、死」という項目になっているのです。イゼベルはそこに収められていますが、声に出して読み、最後まで行き着くと、抄録の二と三が共にないことがわかります。先に三冊の本を調べたとき、気をきかせて三冊とも当の個所を開いておいてあったら、そのうちのどれか一冊を再び参照するということになるのですが、わたしはあいにく当のページをどこも開いてなかったというわけ。

だから、そっと教えていただきたいの。ジョン・ダンの全説教集を見つけるのは、よほどたいへんなことかしら？　お値段はどのくらいしそうかしら？

もう、寝ます。輸林院（アカデミー）ふうのガウンを身にまとい、抄録とか選集とか節だの要約などというレッテルを貼（は）った、長い血まみれの肉切り包丁を携えた巨大な怪物どもも登場する、恐ろしい悪夢をみることでしょう。

またね

日曜日夜。一九六〇年の新年をこんなふうに始めるなんて、サイテイね――

h・hffff……

1　ウィリアム・ブレーク（一七五七―一八二七）。イギリスの詩人、画家。急進的思想の持ち主である一方、後年は神話的人物の登場する詩的幻想の世界も展開している。詩集に『むくの歌』『経験の歌』等がある。

2　エゼキエル。紀元前六世紀ごろのヘブライの大予言者。そのエゼキエル書は旧約聖書中二六番目に収められている。

3　アルカンジェロ・コレルリ（一六五三―一七一三）。イタリアのバイオリン演奏家、作曲家。当時新たに出現したバイオリンを駆使して名演奏家となり、バイオリン奏法の発達史に偉大な名をとどめた。

4　イゼベル。イスラエル王アハブの邪悪な妻。旧約聖書の列王紀にその記載がある。

5　ローガン・スミス（一八六五―一九四七）。フィラデルフィアに生まれ、主として英語を研究しつつ生涯の大部分をイギリスで送った。『言葉と成句』三巻、自伝『不幸な歳月』等の著書がある。

ヘレーン

いつぞや拝受しましたお手紙二通、なにかよいお知らせができるまで、ご返事をさしひかえておりました。バーナード・ショーの著作――『エレン・テリーの手紙』[*1]をようやく一冊手に入れました。とびきり魅力的な版というほどのものではありませんが、ちゃんとしたきれいな本で、ひっぱりだこのものでもありますし、別のが一冊ひょっこり入荷するまでにはかなり手間がかかろうかと思いますので、お送りするほうがよいのではないかと考えた次第です。お値段はおよそ二ドル六五セントですから、あなたの貸方勘定は五〇セントになります。

ジョン・ダンの「全説教集」はダンの「全集」を買わなければ手にはいらないのではないでしょうか。全集は四〇冊以上にもおよび、程度のよい全巻ぞろいですとたいへんお高くなります。

現代双書（モダン・ライブラリー）のジャイアント版の件はさておき、クリスマスと新年を楽しく過ごされたことと拝察いたします。

ノーラからもくれぐれもよろしくとのことです。

敬具

一九六〇年三月五日

フランク

1　エレン・アリシア・テリー（一八四八―一九二八）。イギリスの女優。シェークスピア劇の諸役を得意とした。

ムッシュー・ド・トックビルよりよろしくとのことで、無事アメリカに到着した旨、なにとぞ知らせてあげてくれたまえ、とおっしゃっています。彼、したり顔で鎮座ましましているわ。というのは、彼の言ったことはすべてほんとうで、特にアメリカを牛耳っている弁護士たちについて書いていることはまさに真実だからです。わたしは民主党クラブに所属しておりますが、先夜の集会に出席した会員一四人中一一人が弁護士でした。帰宅して大統領候補に関する新聞記事を二、三読んだところ、スチーブンソンといい、ハンフリー、ケネディ、スタッセン、ニクソンといい、ハンフリーを除いてはみんな弁護士です。

三ドル同封します。ド・トックビルは美しい本で、古本だなんてとても思えません。ページも切ってないのです。わたし、申し分のないペーパーナイフをとうとう見つけたこと、もうお話ししましたっけ？　螺鈿（らでん）細工の柄のくだものナイフです。母の形見のこのナイフ、一ダースそろっていますが、机の上の筆立てに一丁入れています。わたしはどうやら風変わりな人たちとばかりおつき合いしているようです。というのは一度に一二人も押しかけてきて、いっせいに果物を食べるなんてことはありそうにもないからです。だから一丁くらいはペーパーナイフに使っても大丈夫でしょう。

ごきげんよう

h h

一九六〇年五月八日

フランク？

まだお店にお勤め？

わたし、仕事にありつくまで手紙は書きませんって堅く心に決めていたのです。『ハーパーズ・マガジン』にストーリーを一つ売りました。三週間がかりで奴隷のようにあくせく書きあげたものです。原稿料は二〇〇ドルでした。いまはハーパーズ社の依頼で私の半生を本に書いています。ハーパーズ社は印税の一部として、一五〇〇ドル〝前払い〟してくれて、執筆に六カ月以上はかかるまいとふんでいます。たった一五〇〇ドルで六カ月間暮らすこと、わたしはいっこうに平気ですけど、大家さんのほうはヤキモキしますね。

そんなわけで、今のところ本を買う余裕はありませんけれど、さる十月にサン＝シモン公ルイ[*1]の本のことを教えてくれた人があり、これがあわれな要約本だったので、市民図書館まで駆けつけました。この図書館では書架の間を歩き回らせてくれますし、どんな本でも家に持って帰ってもよいのです。ここにサン＝シモンの本物がありました。それ以来、サン＝シモンに読みふけっています。わたしの読んでいるのは全六冊ぞろいの版で、昨夜第六巻の中ほどあたりを読んでいたとき、この本を返したら家にはサン＝シモンの著書が一冊もなくなってしまうということに気づき、とても耐えられない気持ちに襲われました。

翻訳者は、フランシス・アークライトで、魅力のある訳文ですが、あなたの信用する版で手にはいる本ならなんでも満足します。送っちゃあいけません！　仕入れるだけにして、お値段教えてくださり、取っておいてください。一冊ずつ買わせていただきます。

ノーラやお嬢さん方もお元気でいられることと思います。あなたも。そして、わたしをご存じのほかのみなみな様もね。

ヘレーン

一九六一年二月二日

1　ルイ・ド・ルーブロワ、サン＝シモン公（一六七五―一七五五）。フランスの軍人、作家。晩年にいたる三十数年間、『回想録』の著述に専念した。これは当時最も重要な史料だったばかりでなく、文学史上も高く評価されている。

ヘレーン

サン＝シモン公の『回想録』、アークライト訳の在庫がありましたので、お喜びいただけると思います。きれいな装丁の非常に程度のよい全六冊ぞろいです。本日六冊とも発送いたしますので、一、二週間のうちには着くはずです。お支払いいただく総額はおよそ一八ドル七五セントになりますが、どうか一度にお払いになろうなんて、ご心配にならないでください。あなたはマークス社に信用があるのですから。

またお手紙頂戴できて、とてもうれしく思いました。私たちはみな元気でやっています。そのうちイギリスでお目にかかれるという望みを、私たちはまだ捨てているわけではありません。

私たち一同より愛をこめて。

一九六一年二月十五日

フランク

フランキー

同封した十ドル札がなくなりませんように。届かないと一大事です。この節、十ドル札にはなかなかお目にかかれませんからね。それに、サン＝シモン殿はきれいに払ってくれ、とのたもうています。札つきの踏み倒しには法廷であきあきしているので、せめて二七〇年後にはそんなめに遭いたくないらしいのです。

昨夜あなたのことを考えてました。ハーパーズ社の編集者の方が家に見えて夕食をごいっしょし、わたしの半生記を読み返していくうちに、ランドーの『イソップとロドピ』を「ホールマーク名作劇場」のためにどんなふうに脚色したのかという話になりました。この話、前にしたことあるかしら？　サラ・チャーチル[*1]がランドーの涙で目をぬらす主役ロドピを演じたのです。この番組は日曜の午後に放映されました。

放映される二時間前、『ニューヨーク・タイムズ』の日曜書評欄を開いたところ、三ページめにポーリ・アドラー[*2]著の『ひと夜妻の館（やかた）』っていうタイトルの本の書評が載っていたのです。娼婦の宿の話をあれこれ書いた本で、タイトルの下にギリシャ人の若い女性の首の彫像の写真が掲げられていて、「ギリシャの最も有名な娼婦ロドピ」という説明がついていました。ランドーはこのことに触れるのを怠っていたのです。学者ならだれでも、ランドーのいうロドピはサッポーの弟から有り金残らず巻きあげたロドピスのことだということぐらい知っていたでしょうが、わたしはあいにく学者ではありませんし、ギリシャ語は、ある冬辛抱して語尾変化をぜんぶ暗記したものの、あとになったらすっかり忘れてしまったのです。

そんなわけで、このエピソードを読み返していくうちに、ジーン（わたしの係の編集者です）が言いました。「ランドーってだれなの？」って。そこでわたしは突如夢中になって説明を始めたわけです――と、ジーンったら頭を振り、がまんできないという調子で口をはさみました。

「まったく、あなたって方と古代英語の本にはかなわないわ！」

ね、こういうぐあいなのよ、フランキー。いまこの世でわたしのことを理解してくれるのはあなただけよ。

一九六一年三月十日

追伸——ついでながら、ジーンは中国系の女性です。

1　サラ・チャーチル。イギリスの政治家、故ウィンストン・チャーチルの娘。女優。
2　ポーリ・アドラー（一九〇〇—六二）。本名はパール・アドラー。マンハッタンの有名な娼婦で、高級娼家を持っていた。その自伝『ひと夜妻の館』はベストセラーになった。

ヘレーン

バージニア・ウルフの[*1]『一般読者』二巻がいずれお手もとに届くと知ったら、きっとびっくりなさることでしょう。もし何かほかにご入用のものがありましたら、たぶん今回と同じ程度に能率よく、かつ迅速に捜してさしあげられると思います。

わが家はみな元気で、相変わらずのんびりとやっております。上の娘のシーラ（二四歳）は突然教師になりたいと言い出し、二年前秘書の仕事をやめてしまって、大学に通っています。卒業まではもう一年あります。子供たちが親にぜいたくをさせてくれるのは、どうやらずっと先のことになりそうです。

一同よりよろしくとのことです。

フランク

一九六三年十月十四日

1　バージニア・ウルフ（一八八二―一九四一）。イギリスの女流小説家。小説『ダロウェー夫人』『灯台へ』『波』等が代表的な作品で、〈意識の流れ〉の方法を、叙情味のある文章を駆使して徹底的に追求した。『一般読者』はその評論集。

189　1963年11月９日

ヘレーン

いつぞや、チョーサーの『カンタベリー物語』の現代語訳版がほしいとお申し越しでしたね。先日、お気に召しそうな小巻をたまたま見つけました。どうみても完訳ではありませんが、いたってお安い本ですし、学問的にはかなりの労作のように思われますので、本日書籍小包にてお送りします。お値段は一ドル三五セントです。これでチョーサーに対する食欲がわいて、もっと完全に収録されたものがあとでほしくなったらお知らせください。見つけてみることにしましょう。

不一

フランク

一九六三年十一月九日

よろしい、チョーサーがこれだけやさしく書きなおしてあれば十分です。ラム[1]の『シェークスピア物語』みたいに、学校のテキスト向きの感じですね。

読んで楽しかったわ。指を使って脂を一しずくもこぼさずに、えも言われぬ優雅な食べ方をする修道女のお話、気に入りました。こぼすなって言われたって、私にはとてもそんなことはできません。フォークを使っているというのにね。あとは物語ばかりで、あまり興味をそそられるものはありませんでした。私はそもそも、物語ってきらいなのです。もし、チョーサーが日記をつけていて、リチャード三世[2]の宮廷で一介の書生となったときのようすでも語ってくれるのでしたら、それこそ英語の古文を習うのですけどね。

私、たった今だれかにもらった本を捨てちゃったところなのよ。どこかの間抜けがオリバー・クロムウェル[3]の時代の生活について書いた本なの——ところが、そのまぬけさかげんときたら、自分がクロムウェルの時代に生活したわけでもないのに、いったいどうしてその当時のことが書けるというの？　オリバー・クロムウェルの時代に生きるってことはどんなものだったのか知りたい人は、ソファーの上にどっかとすわり込んで、クロムウェル派のミルトン[*4]と反クロムウェル派のウォルトン[*5]の作品をじっくり読めば、その当時の生活がわかるばかりか、あたかもその時代に生きているような気持ちにさえなるわ。

「読者はそんなことがあったとは信じないかもしれない」とウォルトンはどこかに書いています。「しかし、私はそこに居合わせて、この目で見たのだ」

そういう話こそ、私にはぴったり。私はね、一人称の主人公の目で見た物語が大好きなのです。

『カンタベリー物語』の代金として二ドル同封します。これで六五セント貸越勘定になるわけですけど、こんな大金を預けてあるのはおたくさまだけよ。

土曜日

h

1　イギリスの随筆家、チャールズ・ラム（一七七五―一八三四）。『シェークスピア物語』は、シェークスピアの作品を子供向きに書き直したもの。

2 原著にはリチャード三世とあるが、これはリチャード二世の誤り。

3 オリバー・クロムウェル（一五九九―一六五八）。イギリスの軍人、政治家。清教徒のクロムウェルは、一六四二年から四七年まで、議会軍を率いて王党軍を破り、四九年チャールズ一世を死刑に処して共和制をしき、五三年護国卿に推されて独裁権をふるった。

4 ジョン・ミルトン（一六〇八―七四）。イギリスの大詩人。大叙事詩『失楽園』のほか、『復楽園』『闘士サムソン』の作品も有名。王党派と議会派の内乱（一六四二―四七）では、クロムウェルを支持、国王の処刑を主張した。

5 アイザック・ウォルトン（前出『釣魚大全』のウォルトンと同じ）。

フランク――

今、小学校の歴史の教科書（これで四冊めよ、信じられる？）を読んでいたところなんですけど、ちょっと読むのをやめて、私のお友だちのために一肌ぬいでいただけるかどうかお尋ねする次第です。その方、バーナード・ショーの欠本のある全集を持っているとかで、何という版の全集かと聞いても、ただ〝標準版〟とあるだけだ、というのです。装丁は赤さび色のクロスだそうですが、こんなこと参考になるかしら。同封のリストにあるのが今そろっている分で、欠けているのはみなほしいと言ってますが、巻数がかなりあるようでしたら、いちどに送らないでください。少しずつ買いたいと言っています。私のように、貧しいのよ。本は直接、リストにある彼の住所あてにお送りください。三二番街です。読みにくいので、念のため。

セシリーやメガン、どうしてるかご存じ？

草々

一九六四年三月三十日

ヘレーン

お友だちのショー全集のことですが、標準版はいまでも版元から新書で買えます。お友だちの仰せのとおり、装丁は赤さび色のクロスで、全巻ぞろいですと三〇冊ほどあると思います。古書はめったに出ませんが、新書でよろしいということでしたら、喜んでお送りいたしましょう。月に三、四冊ずつお送りすることもできます。

ここ数年セシリー・ファーさんの消息は不明です。メガン・ウェルズさんは南アフリカにほんのちょっといただけでもうたくさんになったそうで、今度はオーストラリアに運だめしに出かけるということです。その前にちょっと立ち寄ったので、われわれは、「どうだい、言わないこっちゃない」と言わせてもらったようなわけです。数年前クリスマス・カードがわれわれ一同あてに届きましたが、最近は何も消息がありません。

ノーラと娘たちからもよろしくとのことです。

一九六四年四月十四日

フランク

ヘレーン

　ひさしぶりのお便りなつかしく拝見いたしました。仰せのごとく、当方相変わらず当地にとどまりおりまして、いたずらに馬齢を重ね、ますます多忙をきわめておりますが、相変わらずの貧乏暇なしです。

　E・M・デラフィールド[*1]の『田園夫人の日記』がようやく手にはいりました。一九四二年にマクミラン社から出版されたもので、程度のよいきれいな本です。お値段は二ドルです。本日、書籍小包にて、送り状同封のうえご送付いたします。

　今年の夏は気候がよく、例年になく観光客が多くて、たいそうにぎやかです。なかには、カーナビー・ストリート[*2]詣(もう)での行儀の悪い若者たちも大勢混じっています。私たちはその群れにまき込まれないように、ただ遠くからながめているのです。でも、白状しますと、私はビートルズは悪くないと思っています。ただ、ファンの連中の熱狂ぶりには閉口しますがね。

妻と娘たちがくれぐれもよろしくとのことです。

フランク

一九六五年十月四日

1　E・M・デラフィールド（一八九〇―一九四三）。イギリスの小説家。エドメ・エリザベス・モニカ・ダッシュウッド夫人の筆名。『ゼラは自分を見つめる』『アメリカの田園夫人』『戦時中の田園夫人』等の小説がある。

2　若者の、サイケデリックな洋服などを売る店の並んでいる、イギリス・ファッションの先端をゆく通り。

おたがいに、まだ生きているわね？

私、ここ四、五年、子供向けのアメリカ史の本を書いています。この仕事にはかなり手間どって、参考資料にずいぶんアメリカ史の本を買い集めてきました――みんなアメリカで出版されたゴツゴツした装丁の見ばえのしない本ばかり。でも、アメリカの憲法制定委員会の模様を記録したジェームズ・マジソン[*1]の速記録とか、トマス・ジェファソン[*2]がジョン・アダムズ[*3]に送った書簡を収めたりっぱな本がイギリスで出版されていて、御地の由緒ある旧家からその古書の出物があるということに、どうしたわけか気がつきませんでした。

あなたはまだおじいちゃまにおなりにならないの？　シーラとメリーにお伝えください。お二人のお嬢さまたちには、私の『児童文庫全集』を寄贈いたしますって。そう、いい、そうしたら、二人ともきっとさっさと結婚して赤ちゃんを産むわよ。

年下のお友だちに、ある雨の日曜日、ジェーン・オースティンの『自負と偏見』を読むようにすすめたところ、その人ったら、ジェーンに首ったけになってしまいました。彼女、十月三十一日のハロウィーン[*4]のころが誕生日なのですが、彼女のためにジェーン・オースティンの作品をいくつか見つけてあげていただけません？　もし全集がおありでしたら、お値段教えてください。お高いようなら、そのお友だちのご主人に半分買わせて、残りの半分は私からのプレゼントにします。

奥様ならびにみなみな様によろしく。

ヘレーン

一九六八年九月三十日

1　ジェームズ・マジソン（一七五一―一八三六）。第四代アメリカ大統領（一八〇九―一七）。政教分離を唱え、イギリス国教会の打倒をめざして活躍した。憲法制定に当たっては、草案起草に主役を演じた。

2　トマス・ジェファソン（一七四三―一八二六）。第三代アメリカ大統領（一八〇一―〇九）。独立宣言の起草、ドル通貨制度の確立等に活躍、哲学者、科学者、建築家としても多くの業績を残した。

3　ジョン・アダムズ（一七三五―一八二六）。第二代アメリカ大統領（一七九七―一八〇一）。独立宣言の起草に参加、初代副大統領としてワシントンを助けた。

4　万聖節（オール・セインツ・デー）の宵祭り。十月三十一日。

ヘレーン

われわれ一同、どっこいおいらは生きているというわけで、ピンピンしています。しかし、この夏は、アメリカやフランス、スカンジナビアなどから押し寄せてくる観光客がみな、みごとな革表紙の本を買いあさり、そのお相手をつとめてクタクタになっています。おかげで、当社の在庫図書は今のところ見る影もないありさまです。そんなわけで、在庫不足と値上がりで、今のところお友だちのお誕生日までにジェーン・オースティンの著作を一冊でも見つけてさしあげられるかどうか、きわめておぼつかない次第です。でもたぶんクリスマスまでには見つけられると思います。

妻と娘たちは元気です。シーラは学校の先生をしています。メリーはとてもよい青年と婚約しましたが、ここしばらく結婚できる当てもありません。二人とも一文なしですから。ノーラが、魅力あふれるオバアチャマになれる日はずっと先のことになってしまったようです。

一九六八年十月十六日

不一

フランク

ヘレーン・ハンフ様

昨年九月三十日付のドエル様あてのお手紙、たった今偶然拝見いたしました。たいへんお気の毒なことに、ドエル様は去る十二月二十二日にお亡くなりになりました。葬儀は先週一月一日の水曜日に執り行なわれました。

ドエル様は十二月十五日、急病で病院へ運ばれ、すぐ手術を受けられたのです。盲腸が破裂していて、不幸にも腹膜炎を併発され、一週間後にお亡くなりになりました。

ドエル様は当社に四〇年以上も勤務された方ですので、マークス氏の没後かくも早くドエル様の死に見舞われますとは、コーエン氏にとっても、きわめて大きな痛手でございます。

オースティンの著作、引き続きお捜ししたほうがよろしいでしょうか？

敬具

一九六九年一月八日

マークス社
秘書　ジョーン・トッド（ミセス）

ヘレーン

ご懇篤(こんとく)なご書状ありがとうございました。あなた様のお手紙、失礼なことなど何一つありませんでした。ただ、あなた様が主人に一目お会いになって、じかにお知合いになっていたらと、それのみ悔まれます。主人はこのうえなく穏やかな人で、すばらしくユーモアのある人でした。それに、たいそう慎み深い人だったことを、今にして思い知らされているようなわけでございます。諸処方々からご弔状を頂戴し、古書を扱っていらっしゃるたくさんの方々から、主人はたいそう博識で、その知識をだれかれ問わず親切に分かち与えていたというお言葉を頂戴いたしました。よろしければ、みな様からいただいたお手紙あなたにお送りしてもかまいませんが。

あけすけに申しあげて、ときにはあなた様にやきもちをやくこともありました。主人があなた様のお手紙をたいそう楽しんで拝見しておりましたので。それに、ユーモアのセンスが主人とそっくりなのも何通かありましたし、あなた様の文章の才能もうらやましく思いました。主人と私とはまるで正反対で、主人がとても親切でやさしかったのに比べ、アイルランド人特有の気性の激しさをそのまま受け継いでいる私は、いつも言いたい放題言っているというふうでした。

いっしょに暮らしていてとても楽しかったものですから、主人をなくしてひどい寂（せき）寥（りょう）感に襲われております。主人はいつも書物のことを私に説明したり教えたりしてくれました。娘たちはどちらもとてもいい子なので、その点だけはしあわせです。ほんとうにひとりぼっちで取り残されてしまう未亡人がたくさんいるのですものね。乱筆お許しくださいませ。

ノーラ

いつの日か、ぜひ私どもをお訪ねくださいますように。お目にかかれたら、娘たちもさぞ喜ぶことでございましょう。

〔日付なし。消印に一九六九年一月二十九日とあり。手紙には住所の記載なし〕

キャサリン

いよいよ出立なさるのね。いま書棚のおそうじをしているのですが、ちょっと暇を盗んで敷物の上にすわり込み、本に取り囲まれたまま、お元気でいっていらっしゃい、とごあいさつまでに一筆したためます。ブライアンとお二人で、ロンドンを大いに楽しんでいらしてね。ご主人は電話で、「旅費だけおありなら、ごいっしょにいらっしゃいませんか?」って言ってくださったのよ。私、あやうく泣きだしてしまうところでした。

でも、どうかしら、たぶん行っても行かなくても同じことだという気がします。イギリスのことは長の年月夢に見ていました。ただ、かの地の町のたたずまいを見るためだけに、よくイギリス映画を見にいきました。何年か前、私の知り合いのある男性が、イギリス旅行をする人は、見ようという目的のものが必ず見られる、って言ったのを覚えています。で、私ならイギリス文学のイギリスが見たいわって言ったら、彼、うなずいて、あるともって言ってたわ。

　あるかもしれないし、ないかもわからない。今私がすわっている敷物のまわりをながめると、一つだけ確実なことが言えます。イギリス文学はここにあるのです。

　ここにある私の古書を全部お世話してくださったありがたいお方は、数カ月前に亡くなってしまいました。その古書店の店主だったマークスさんももうこの世にはいらっしゃいません。でもマークス社は依然として残っています。もしたまたまチャリング・クロス街八四番地の前をお通りになるようなことがあったら、私からよろしくって言ってくださいね。そうしてくだされば、大いに感謝いたします。

ヘレーン

一九六九年四月十一日

エピローグ

ヘレーン

ドエル一家からのお手紙は、これで三通めですわね！　長い間ごぶさたいたしましたこと、まずおわびいたします。私たちはしばしばあなたのことを思い出しておりました。ほんとよ。ただ、思っていることをレター・ペーパーに書くまで手が回らなかっただけのことです。そして今日、あなたから二通めのお便りをいただいてたいへん恥ずかしい思いをし、すぐにお手紙をさしあげることにしたのです。

あなたの書簡集が出版されるとのこと聞きおよびまして、私ども一同喜んでおります。手紙を公開してもよいかというお尋ね、大喜びでご賛成申しあげます。

私たちは今きれいな新居におります。この家はたいへん気に入っており、引っ越してきてとてもよかったと思っておりますが、父が生きていたらどんなにか喜んだことだろうと思われてなりません。

悔（くや）んでも詮（せん）ないことです。父は大金持ちでも権力者でもありませんでしたけれど、幸福で満足していました。そして私たちも父がそうであってくれたことをしあわせに思っております。

私たちはみな忙しい毎日を送っております――おそらくそのほうがよいのでしょう。メリーは大学の図書館でいっしょうけんめい働いていますし、息抜きに徹夜のラリーに出場したりしています。私は専任教師として教えるかたわら、週に数時間大学に通って学士号を取るべく勉強しております。そして母は、いつも働きづめ！　だから、残念ながら、みなとても筆不精になってしまうのです――でも、もちろん、お手紙を頂戴するのはとてもうれしいことです。私たちも暇を見つけてお手紙を書くようにいたしますので、それでよろしければ、またお便りください。楽しみに待っております。

かしこ

シーラ

ロンドン　北一一　ウィンストン通り

一九六九年十月

ヘレーン・ハンフは、これまでいろいろな人にあてててたくさん手紙を書いたのはもちろんだが、かたわら〝シアター・ギルド〟[*1]で劇作も勉強し、「ホールマーク名作劇場」や「エラリー・クイーン」番組のために脚本を書いたこともあり、女性としてははじめてレノックス・ヒル民主党クラブの会長に選ばれている。『ニューヨーカー』や『ハーパーズ・マガジン』に記事を書くと同時に、子供向けの本もたくさん書いている。最近『動く人と震える人——六〇年代の若い行動派たち』というタイトルの本が出版された。

1　一九一八年、ニューヨークに創設されたプロ俳優の組合。有名な役者を擁し、独自の出し物を持ち、ブロードウェーやテレビ、ラジオで第一級の芝居を演じている。

解説

この本ができたのは、アメリカにこれといっていい古本屋がないからだといったら、著者のヘレーン・ハンフは心外な顔をするだろうか。でも私は、ロンドンの古本屋やパリの古本屋のことなら印象にのこっているが、アメリカの古本屋については、いくら記憶をたぐってもなにもでて来ないのである。

私が、生まれてはじめて西洋の古本屋ののれんをくぐったのは、いまから十一年前、一九六一年の夏の終りごろのことだった。ところはロンドンで、私は西ドイツからの帰り途であった。大学で英文学を勉強した私にとって、この最初のロンドン訪問がどんなに胸躍るものだったかは、ちょっと筆舌につくしがたいほどである。私は緊張し、昂奮し、そしてあちこち歩きまわりすぎたので少し疲れていた。グリーン・パークのベンチに坐ってひと息入れてから、気をとり直してまた街に出ると、そこに一軒の古本屋があった。

ああ、古本屋だ、と、私はそのときなつかしさがこみあげて来るのを感じ、ショウ・ケースの前に立ち止まった。そのなかには稀覯本らしいモロッコ革装の見事な古書がならべられ、時の試錬に耐えたたたずまいを示していた。私は古本屋というものもなつかしかったが、こういう革装の洋書もなつかしかった。というのは、私自身東京の住いに、実はひとそろいのこの古本を持っていたからである。

それは、一七八三年にロンドンのW・ストレイハン、J・リヴィントン・アンド・サンズという版元から出版された十巻本の『ローレンス・スターン全集』である。背革・瑪瑙（めのう）紙装の堂々たる装丁で、Oswald Toynbee Falk という蔵書票（エクス・リブリス）が貼ってある。いまから十八年前に、そろいで二万円もした。私はこの『スターン全集』を、経済的にいちばん困っていた大学生のころに買ったのである。

貧乏大学生が、こんな贅沢な買い物をしたのは、もちろん助けてくれる人がいたからだ。このことについては、これまでに三度ほど別の場所に書いたので、くだくだしくは繰り返さないが、とにかく私はそのとき恩師に研究費を用立てていただいて、卒論に選んだ『スターン全集』を手に入れることができたのである。

私は神田の松村書店でこの十八世紀ものの『スターン全集』を見つけた。神田の古本屋にくらべると、ロンドンの古本屋はよく似ているともいえるし、ずいぶんちがうともいえる。似ているところは、古本屋に万国共通な落ち着いた雰囲気で、ちがうところはその雰囲気の微妙な味わいのちがいである。革と絹のちがい、羊皮紙と和紙のちがい、あるいは石造の建物と木の建物のちがいといおうか。私がその前に足をとどめたロンドンの古本屋のショウ・ケースには、いわばエキゾティックななつかしさ、とでもいうような、いわくいいがたい温かいものがただよっていた。

私は重いドアを押して店のなかに入った。それは静かな、ひたひたと心を充たされるような空間であった。なぜそうかといえば、そこには過去が、重い時間の堆積が充満しているからであった。何百年も前に書かれた本のページに、ぎっしりとつまっている言葉が、低い声で沈黙のうちに私の心に語りかけていた。私は旅愁を癒(いや)されて、陶然としてその場に立っていた。

そのうちに、本当にその声が、私の耳に聴こえて来たような気がして、はっとした。あたりを見まわすと、そこにはおそらくフランク・ドエル氏がそうであったような中年の店員がいて、

「なにかをおさがしですか？」

と微笑みながらたずねていた。

「いえ、別に」

と少しどぎまぎしながら私は答えた。

「ただ見て愉(たの)しんでいるだけです」

「どうぞごゆっくり」

店員は足音を立てずに、ゆっくり立ち去って行った。

名前も覚えていないこの古本屋で、私は結局シドニイ・キイスの遺稿集を一冊買った。場所が少しはなれているから、この店がマークス社であるはずがない。しかし『チャリング・クロス街84番地』を最初に読んだとき、私はほとんど反射的にあのロンドンの古本屋を思い浮かべないわけにはいかなかった。ヘレーン・ハンフのように、私がその後あのもの静かな店員と文通したり、本を送ってもらったりしなかったのは、あの当時円がまだ今日のように強くなかったからである。本当に、円を封筒に入れてそのまま送れば、希望する本が届くのだったら！　しかし、それはあのころ米ドルだけが享受していた特権であった。

しかし、経済的なことを別にしても、この心あたたまる往復書簡集は、おそらくアメリカ人とイギリス人のあいだにしか成立しなかったにちがいない。英国の有名な外交史家ハロルド・ニコルソンは、かつて英国は合衆国を仮想敵国としたことがない、したがって英国は合衆国とのあいだに攻守同盟を結ぶ必要がない、といっている。この言葉を裏書きするように、この本の著者ヘレーン・ハンフは、愛すべき英国崇拝家（アングロファイル）のアメリカ女性として登場する。自由販売が回復されてからもなお食料を送りつづける彼女の善意も、望みの英文学関係の古書を手に入れたときの彼女のよろこびも、いかにもイギリス的に控え目なフランク・ドエルの親切と好意も、すべてアメリカとイギリスとの文化的なきずなの強さを物語っているように思われる。

ヘレーンが英国崇拝家（アングロファイル）であるおかげで、英文学のきわめつきの名作が、この本につぎつぎと紹介されているのもなかなか楽しい。しかも彼女の趣味は一流である。サミュエル・ピープスの『日記』にアイザック・ウォルトンの『釣魚大全』、それにジョン・ダンとならべば文句のつけようがない。それもそのはずで、自ら告白しているように、彼女はいわばQの、つまりクイラー＝クーチの弟子なのである。

だが、それだけではなく、ここにはまたヘレーンの現代文学や新刊書への嫌悪が根強く暗示されていて、私は共感をそそられる。つまり、新しく、単に消費されるためにのみ存在してうたかたのように消えて行く書物や仕事に対する、絶望と嫌悪である。愛すべきアメリカ女性であるヘレーンは、もちろんそれを大声で叫びたてたりはしていない。しかし彼女が生活を立てているのは、テレビの台本を書くことによってであり、彼女自身おそらくは本を書くことによってである。そのことに対する羞恥と反撥とが、彼女をいっそう深く〝チャリング・クロス街八四番地〟に結びつけて行くという事情が、私にはうかがわれるように思われる。

それならヘレーンは孤独であり、大西洋の彼方に顔を見たこともない友人を求めなければならないほど淋しいのだろうか。おそらくそうであろう。ヘレーンは多分、手製のテーブルクロスを送ってくれたオークフィールド・コート三六番地の、メリー・ボールトンという老婦人とさして変わらない精神生活を送っているといってもよいにちがいない。だからこそ彼女にとっては、〝チャリング・クロス街八四番地〟のフランク・ドエルとの心の通いあいがこよなく貴重なのであり、その記録が読む者の心を打つのである。

この往復書簡集の最初の日付は一九四九年十月五日であり、最後の日付は一九六九年十月である。二十年の歳月にわたってつづけられたこのほのぼのとした交友に終止符を打つのは、フランク・ドエルの突然の死である。私たちは、フランクの死を告げる手紙を見て愕然とし、もう二十年も経ってしまったのか、と思い、人はやはり死んでしまうのだな、と思わざるを得ない。この切断は鮮烈であり、ひとことのコメントも添えられていないためにかえって粛然と襟を正させられる。つまり死が、この往復書簡集に作品の輪郭をあたえたのだということができる。

『チャリング・クロス街84番地』を読む人々は、書物というものの本来あるべき姿を思い、真に書物を愛する人々がどのような人々であるかを思い、そういう人々の心が奏でた善意の音楽を聴くであろう。世の中が荒れ果て、悪意と敵意に占領され、人と人とのあいだの信頼が軽んじられるような風潮がさかんな現代にあってこそ、このようなささやかな本の存在意義は大きいように思われる。

この本を訳出するにあたって、私はある友人の助力をわずらわせた。その人の希望によってここにそのお名前を記さないが、この場所を借りて心からの謝意を表明したいと思う。

一九七二年三月　　　江藤　淳

文庫版あとがき

一九七〇年に刊行された原著は、世界的に好評で、後日談も二度ほど発表された。しかし、本篇の内容・構成を考えると、やはりもとのままが最良と思われるので、敢えてそのような形をとった。読者の諒を乞いたい。

一九八四年九月

江藤 淳

増補
「チャリング・クロス街84番地」その後

ヘレーン・ハンフ

お友だちのみなさんへ

みなさん、もちろんよくご存じのとおり、この二十世紀の社会では、個人はコンピューター化された巨大な社会の中にのみ込まれてしまって、他人と意思を通じ合うことなどもうだれにもできないのです。トマス・ラスクさんは、私の著作『チャリング・クロス街84番地』の書評を「ニューヨーク・タイムズ」に寄稿し、その中でまさにこの点に言及されました。この本は、ロンドンの古書専門店マークス社の男性社員と私とが、二十年もの間やりとりした書簡を集めたものです（私はその社員に一度もお目にかかったことがありませんし、その古書店の社屋を見たこともないのです。外国旅行のお金がなかったからです）。ラスクさんはその書評の中で、「コンピューターのパンチカードの穴に等しい存在になった人ならだれでも」この本が気に入るだろう、と述べていました。

ここまででやめておけば、めんどうが起こらずにすんだのです。ところがラスクさんは書評の終わりに、この本屋はもうすぐ店じまいすることになっているので、私にマークス社を一目見せてやりたい。ついては基金を募集したいので、申込み金額は「五ドル以下ならいくらでもよい」から受け付けたい、とふざけて書いたのです。

数日すると、「タイムズ」のラスクさんのところに手紙が一かかえも届きました。

ラスクさん。あなたのご親切な呼びかけに感動いたしました。五ドル同封いたします。

というのや、

一ドル同封します。額が少なくて申しわけありません。もし基金財団を設立するのに人手がご入用でしたら、喜んで労力を提供いたします。

というような手紙です。

「タイムズ」紙はこの架空の募金のことでは相当にあわてて、ラスクさんは寄付してくださった方にお金をお返しになりました。そして私はといえば、思慮分別のある「タイムズ」の読者ともあろう方々が、なぜ顔も知らない、しがない作家風情にヨーロッパ旅行をさせてやろうと、汗水流して稼いだ貴重なお金を送ってくださったのか、考えてみました。でも、どうしてもわかりませんでした。

九月になると、ファン・レターが私のところにも舞い込みはじめました。ある年配のご婦人からのものには、二十五ドルの小切手が同封してありました。ロンドンへ行ったら、このお金で私の好きな本を一冊と、彼女へのおみやげにティー・ポットを一つ買って来てください、というのです（私は礼状を添えて小切手はお返ししました。するとこのご婦人はご返事をくださり、その代わり、冬の間にニューヨークへ行くから、お茶でも飲みませんか、とおっしゃるのです。そこで、お目にかかったところ、本を数冊貸してくださり、私の家にもいらっしゃってお茶をご一緒し、私の蔵書をごらんになって行かれました）。

十二月になって、『チャリング・クロス街84番地』の要約が、リーダーズ ダイジェストの世界各国版に掲載されはじめますと、にわかに身辺があわただしくなりだしました。日ならずして、手紙が続々と舞い込みはじめたからです。アメリカ全土は言うに及ばず、カナダ、北アイルランド、イタリア、西マレーシア、西アフリカ、サウジアラビア、パキスタン、日本——と、世界中いたるところから来たのです！

ダイジェストのファン・レターが私の手もとに届いたこと自体が不思議なのです。というのは、原本のほうには私の現住所と旧住所とが両方とも載っていましたが、ダイジェストはその雑誌の影響力のほどをよく心得ているので、読者から私を保護するために、ご親切にも現住所のほうは削除してくれていたからです。

みなさまのうちの何人かは、リーダーズ ダイジェスト社気付で私にファン・レターをくださり、そのお手紙はダイジェスト社から出版社へ回送され、そこから私のもとへ送られてきたのです。その他の方々は、ニューヨーク市の東九十五丁目十四番地の旧住所あてにお手紙をくださいました。そこを引払ってからまる十五年もたっているものですから、手紙は少しの間あちこちうろうろし、私の手元に届くまでには、封筒にべたべたとゴム印が押され、手書きのメモもついていました。いわく、「転居先不明」「あて名先該当者なし」「あて名不完全で配達不能」等々……。こういうハンコや書き込みのいっとう下の方には、どの封筒にも鉛筆で、「郵便番号一〇〇二一・東七十二丁目三百五番地に転送」と記されておりました。かびのはえた十五年前の住所に送られてくる手紙を私あてに配達し直そうとして、さぞ配達員さんは何週間も超過勤務でがんばってくださったことでしょうに、私としたことが恥ずかしながら、まだ郵便局へ行ってその方々にお礼を申し上げてもいないのです（スコッチ・ウイスキーの一本も持って行くべきですのにね）。

クリスマスが近づくにつれて、ややこしいことが起こりました。はじめ、あの本の売れ行きの出足はあまりよくなかったので、大量に仕入れる本屋さんなどなかったのです。ところが、ダイジェストとクリスマスのおかげで、突然小売店からの注文が殺到しはじめ、出版社は面くらってしまいました。クリスマス・プレゼントに間に合うように増刷分を配本することなど、できなかったからです。

とても手にはいりませんよ、と言われると、なおさらほしくなるのが人情です。『チャリング・クロス街84番地』が小売店で手にはいらないとなると、読者は私あてに手紙を送ってきはじめました。恋人にクリスマス・プレゼントとしてあの本を送りたいのだが、と言って寄こされた方もあります。私の署名入りのを一部、恋人に送ってくださるとありがたいのですが、ということで、本代、送料等はご請求あり次第小切手にてお支払いいたしますので、なにとぞよろしくお願い申しあげます、と書かれてありました。

無視しようかと思いましたものの、やはり良心がとがめ、ジョンからマージへと献辞を書いて署名し、きれいな包装紙にくるんで小包にし、郵便局まで持って行って出しました。献辞を書き、署名をし、包装紙にくるみ、小包にし、郵便局まで運んで行く――こんなことをやっているうちに、四回目には小包の窓口の前に並んだ長い行列を見て、さすがにこんな感慨を催しました。

「あんた、何やってるの？　本屋じゃあるまいし！」

十二月いっぱいは、まるで狂気の沙汰(さた)でした。クリスマスまでにクリスマス・カードの箱を五つもからにしましたし、便箋(びんせん)も二冊、切手を三シートも使ってしまいました――すべてファン・レターのお礼状を出すためにです。

クリスマスにはプレゼントもちょうだいいたしました。あるファンの方は、一八七五年に出版された「好事家(こうずか)のための文学畑の落穂拾い」というタイトルの本をくださいました。これは革表紙の美装本で、金文字が箔押(はくお)しで浮き出ています。マークス社のゴム引きのラベルを小包で送ってくださった方もありました（この方は書店のラベルの収集家なのです）。あるご婦人はハンフ家の楯型の紋章を送ってくださいました。この方は私と苗字が同じですが、親戚ではありません。この紋章に描かれている、あと足で立ち上がった一角獣（ユニコーン）はいまにも飛び出さんばかりの勢いで、そのほかぶらぶらゆれるブドウの房とあぶみとが銀色の紋地に緑や青、紫、銀色で描かれ、額縁に入れられるように表装されていました。

一月になると、〝間接的な〟ファン・レターもやってきました。たとえば、ある方は三通のお礼のメモをクリップで止めて、一緒に送ってくださいました。説明によると、私の著書をベッキーに贈ったところ、ベッキーがサラに貸し、サラからジョーが借りたということで、ジョーがサラに返すときメモをつけ、こんどはサラがベッキーにジョーのメモと自分のメモをつけて返し、ベッキーがその二通のメモに自分のお礼のメモを添えて、贈り主の男性に送ったので、その方が三通とも私のところへ送ってくださったというわけなのです。

一月のなかばに電話がかかってきました。そのやりとりをそっくりそのまま再現してみましょう。とても忘れられるような電話ではなかったのです。

「ハンフさんですか?」と男の声。

「そうでございますけれど……」と私。

「まだロンドンへはおいでにならないのですか?」

「まだです」

「親切な足ながおじさんが、ひとつあなたにイギリス旅行をさせてあげたいと思っているのですが」

「はあ?」

「いや、からかっているのではありません。私ども夫婦は団体などに寄付しようなどと考えてみたこともなかったのです。個人の方に何かしてさし上げるのが好きだったのですよ。妻はもう亡くなりましたが、私はいまだにそんなやり方が好きなのです。妻だって生きておれば、あなたにイギリス旅行をさせてあげたいと思ったでしょう。どうです、行ってみませんか?」

世間はますます私に注目するようになり、三月になるころには、私はすっかり増長してしまって、ある朝など郵便物を取りに階下へ降りてみたところ、郵便受けには請求書のほか何もはいっていなかったので、なんだかひどく無視されたような気がしました。エレベーターで上にのぼりながら、〝みんなどこへ行っちゃったのかしら？〟というようなみじめで憂鬱な気分を味わったのです。

それから、すべてがまた正常に戻りました。四月には、八人のファンの方が、あの本の中で私の誕生日の日付の出てくる文章を見つけ、そのうち六人は誕生日のカードを、他の二人はキャンデーの箱を送ってくださいました。

五月になると、ロンドンの新聞の文芸欄がこぞって予告記事を載せ、六月に『チャリング・クロス街84番地』のイギリス版がアンドレ・ドイッチ社から刊行されるので、出版記念会に出席するため私がイギリスに初旅行をする、と書きたてました。その結果、信じられないほどご親切なお手紙がイギリスからどっさり届きました。

ロンドン郊外のヒースロー空港に勤務する男性の方のお手紙には、到着の日時をお知らせくだされば、〝あなたの美しい足がイギリスの土を踏む前に〟ご挨拶申し上げ、通関、入国手続きの際には付き添って、私を待っていてくださるお友だちに引き渡してあげましょう、というのです。もし、だれも出迎えていなければ、その方がホテルまで私を車で送ってくださり、そのうえ、もしホテルに部屋が取れてなかったら、チェルシー区のご自宅のアパートに予備の寝室があるから提供してあげましょう、とおっしゃってくださいました。コネチカット州に住んでいる知人の女性の名前と電話番号も書き添えてあって、自分が人格高潔な人間であることをお確かめくださっても結構です、ということでした。到着の日取りをお知らせしますと、その方はその週に数日休暇を取って、イギリスのいなかへドライブに連れて行ってあげましょう、と言ってくださいました。

二十年近く文通を続けたフランク・ドエルさんの未亡人のノーラさんもお手紙をくださり、やはり一週間休暇を取ってからだをあけ、ドライブに連れて行ってあげます、とおっしゃっていました（あの本のせいで、ノーラさんのところにも私と同様たくさんの手紙がきて、結婚の申し込みも一つあったとも書かれていました。プロポーズした方は、鞄をさげて、ノーラさんの玄関先まで来てしまったのだそうです。私にも二つ申し込みがありました。一つはオハイオ州にお住まいの方、一つは西マレーシアの方からです）。

オックスフォード大学に招かれている古典文学の客員教授の奥さまからもお手紙を

頂戴しました。これはベリオル学寮の教授食堂で一緒にお食事しましょう、という教授ご夫妻からのご招待のお手紙でした。また、ロンドンに住んでいるカリフォルニア出身のある女性の方のお手紙には、自分だけが知っている「愛書家のための旧跡めぐり」に案内したいから、二日間あけておくように、とおっしゃってくださいました。

いまは五月の終わりで、新しいお手紙が二通きましたが、これがどれにも増してすばらしいものでした。一通はどうしようもないほど熱烈なファンの方からのものです。この方はアメリカ人の実業家で、奥さまと四人の坊ちゃんと一緒に、ブリュッセルの近くにお住まいです。かつて十二月に私のアパートの玄関先までいらっしゃって、私の本に署名をお求めになり、レコード・アルバムを二冊とスコッチ・ウイスキーをプレゼントして行かれたことがあります。このご夫妻は先週お手紙をくださり、せっかくロンドンまで来るのだから、ベルギーまで足をのばして、ぜひワーテルローのご自宅で週末をゆっくり過ごしてほしいとおっしゃるのです。私はお礼の返事を書き、イギリス旅行はぎりぎりの予算とスケジュールでまいりますので、大陸への旅はちょっと私には荷がかちすぎます、と説明いたしました。すると、またお手紙がきて、ご夫妻がロンドンまでじきじきに私を迎えに来て、ワーテルローへ連れて帰り、コペンハーゲンでもどこでも私の望むところへ車で送ってくださるとおっしゃるのです。

そしてまた、机の上にはラスベガスのダルトン書店からの手紙が載っています。これはこの書店からの二通目の手紙で、まさにこのファン・レター騒動の最後を飾るものとなりました。一通目の手紙は一週間前に着き、「ラスベガスにいらっしゃって、私どもの店にお寄りくださいませんか?」とだけ書かれていました。

私にはこの文章がとても愉快に思われました。私の収入は、とてもラスベガス行きに見合うほどのものではないからです。そこで私は、そのご婦人あてのお礼状の中でありのままをお話しし、秋にはロサンゼルスへ初めての旅に出るのでうれしくてたまりません、とつけ加えました。

すると二通目のお手紙が来て、「お金みたいなささいなことで、この秋当市にお立ち寄りになれないとおっしゃったので、手をまわしてみたら、うまくいきました」とダルトン書店のそのお嬢さんは書いてきました。「ロサンゼルスからラスベガス経由ニューヨーク行きのトランスワールド航空の便があります。飛行機代のほうはご心配ご無用です。次に、お部屋のことですが、当地にはご著作を通じてあなたのお友だちが大勢出来ましたので、りっぱなホテルに部屋が取れました。これは経営者好意で、無料です。夕食やショーの費用もご心配なく、私たち一同、〝イエス〟というご返事以外は受けつけないことに決めております」

かくて、ロンドンへ発ち、ブリュッセルへ飛び、ロサンゼルスからラスベガスへと旅立つことになってしまいました。私を有頂天の雲の峰から引きずりおろせる人がいれば話は別ですが、実際にはいつも飛行機に乗っけられて空の高みに舞い上がらせられる羽目に陥ってしまうのです。

私はよく夜になると横になって、何が起こったのかを理解してみようとつとめたものです。私のやったことといえば本を書いただけのことですのに、まったく思いもかけないことが持ち上がってしまいました。おまけに、それは、本などといえるたいそうなものではないのです。見たこともない古書店に勤めている、ぜんぜんお目にかかったことのないイギリス人の男性、および他の少数の方々と交わした書簡を集めたものにすぎないからです。でも、先週のある晩、眠れぬまま横になっておりますと、突然私の本のある書評を思い出したのです。それは「サタデー・レビュー」にハスケル・フランケルさんがお書きになったものです。

ひとの思惑など気にしない率直な一人のアメリカ女性の心が、イギリス人のしかつめらしい慎しみ深さを解きほぐせたところをみると、この苦悩に満ち満ちた世界に住む人々が理解し合えないことなどないのではないか。そして、手紙を出せば孤独は癒されるものと人々は期待しているようだが、その孤独などという個人的な悩みは、実は妄想にすぎないのではないだろうか。

みなさん、私たちは間違っていたのです。人々がおたがいに意思を疎通することなんかできないと信じているのは、孤独と同様、妄想にすぎないのです。個人という名の――あの一風変わった、いつ何をするかわからない、これとはっきり分類のできない、人間というすばらしい存在がいきいきと生きているのであって、サウジアラビアからニューファウンドランドは言うにおよばず、東七十二丁目まで、手紙の届くところならいずこでもりっぱに暮らしているのです。

だから、私の郵便受けが平常の状態に戻ったいま、こんどこそ私がみなさんにファン・レターを差し上げたいものと、この文章をつづりました。お電話やお手紙をくださったり、夕食をともにしてくださったり、贈り物をくださった方々、あたたかい心をお持ちのこんなすばらしい方々がいらっしゃるなんて夢にも思っておりませんでした。その方たちときたら、何千キロも遠く離れているところに住んでいらっしゃるのに、わが家の玄関先にお立ちになったみたいに礼儀を尽くしてくださったのです。

本当にいろいろとどうもありがとうございました。

ご自愛のほどお祈り申しあげます。

（リーダーズ ダイジェスト　日本語版　一九七一年一〇月号）

（吉野壮児 訳）

巻末エッセイ

チャリング・クロス街84番地、商売の原点

辻山良雄

本の世界は広い海のようなものだ。毎日、新刊が何百点と刊行される一方、それらの本に押し出されるように、書店の店頭から姿を消してしまう本もある。「先週あそこの棚で見かけた本がないのだけど」と尋ねられ、出版社に電話をしてみたところ、もう品切れで在庫がなかったというのはよくある話。本はいつでも入手できると、簡単に考えてはならないのである。

だからフランク・ドエル氏のような、信頼に足る船乗り（ナビゲーター）を得た愛書家は幸せだ。古書店員の彼は、顧客の求め（それはしばしばあいまいで無理難題に近いものでもあるのだが）に応じ、市場に出ている膨大な本のなかから、これだという一冊をたぐり寄せる。当然インターネットもない時代だから、本の中身や状態は実際に現物を見るまではわからない。それでもヘレーン・ハンフが、彼に前もってまとまったお金を預け

たのは、彼が勝ち得た信頼の証だろう。

実際フランクはヘレーンとのやりとりをよく覚えており、随分前に頼まれた本を、「見つかりました」と、あとから事もなげに出してくる（『カンタベリー物語』の現代語訳など、依頼後四年以上が経ち、突如話題にのぼった）。およそ良心的な本屋であれば、自分の顧客の本棚には責任を持っている。恐らく彼はまだ見ぬヘレーンの本棚を熟知しており、そこに何の本があるのか、手に取るようにわかっていたのではないか。

そして、本を買ったヘレーンの方も、マークス社から購入した本には特別な思いがあっただろう。

これはたしか、〝クリスマス・プレゼント〟の年に送られてきた本。この『トリストラム・シャンディ』には、一緒にメッセージが添えられていたかしら……。

一冊の本を見て何かを思い出すということは、本が好きな人にとって、身に覚えのある、親しい体験だ。長年その人の本棚に並べられ、大切にされてきた本は、時間の経過とともに持ち主の記憶や体験を取り込みながら、育ってくるように思える。ヘレーンの本棚には、マークス社から届いた本が数多く並んでいただろうが、彼女はそれらの本を手にしたとき、本の向こうにいるフランクと、彼が惜しみなく与えてくれた友情を思い出したに違いない。

この登場人物も少ない、小さな物語が長年愛されてきたのは、物の売り買いにはとどまらない、人間味にあふれた交流があったからだろう。二十年のあいだには、多くの贈りものや互いを気づかうことばが、大西洋の上を行き交った。しかし実際には会うことのなかった二人が、心を通わすことができたのは、そのあいだに「本」があったからこそだと思う。

これらの手紙がやり取りされたのは五十年以上も前の話だが、本をめぐる状況はこの間大きく変化している。

書店は次第に大型化し、多くのチェーン店が全国に展開していくなか、昔から商売をしていた街の小さな本屋は、姿を消していった。そして巨大なグローバル企業がこの国にもやってきて、注文した本はすぐに自宅まで届くようになった。それまで重要であった販売員の知識や経験はそこでは必要とされず、検索窓に言葉を入れれば、誰でもある程度の用事は済ますことができるようになった。

それでは現代において、このヘレーンとフランクの物語は、懐古的なファンタジーにすぎないのだろうか。少なくともわたしにとって『チャリング・クロス街84番地』は、いまでも通用するリアルな話であり、この瞬間、全国にあるどこかの本屋で起こっていても、不思議ではない話のように思える。

わたしの店では店頭で本を販売しているほか、インターネットでも本の注文を受け、全国に向けて発送している。店に来るお客さんと同じように、週に一度、頻繁に本の注文をする人もいれば、季節ごとにまとまった数の本を注文してくれる人もいる。みな会ったことはなく顔も知らない人たちだが、見覚えがある名前を注文リストに見かけるとうれしくなり、発送後のメッセージにひとこと書き添えることも多い。

二〇二〇年四月、新型コロナウイルス感染拡大防止のため、全国に緊急事態宣言が出された。通りの店はシャッターをおろし、わたしの店も約一ヶ月半、臨時休業を余儀なくされたが、その間店を救ってくれたのも、全国から寄せられたたくさんの注文だった。

休業中は毎日、閉まっている店の中で黙々と本を梱包し、全国に向けて発送した。通常の注文以外にも、メールで励ましの言葉をかけてくれる方がいたかと思えば、内容は任せるからあなたの選んだ本を送ってくれと、リクエストを頂いたこともあった。たとえ何も書かれていなくても、本の注文自体がメッセージである。

「わたしはこうした人に支えられ、店をやっていたんだ」

商売にひそむ尊さを感じ、お客さんの顔が見えた瞬間であった。

いま、個人で本屋をはじめる人が、少しずつだが増えている。彼らが大切にしているのは、商いの規模や利便性ではなく、お客さんとの心の通い合ったコミュニケーションだ。

彼らは積極的に客と話し、その客が買った本を見ながら、次に仕入れる本を決める。本屋は何も店主だけが作るものではない。客とのやり取りを通じて、次第にその姿が立ち上がってくるものだ。それは売り手と買い手、本を愛する人がいる限り、延々と続けられる営みだろう。

この『チャリング・クロス街84番地』は、そうした商売のあるべき姿を教えてくれる。

（つじやま・よしお　書店「Title」店主）

『チャリング・クロス街84番地 本を愛する人のための本』
講談社　一九八〇年四月刊
中公文庫　一九八四年一〇月刊

付記

一、本書は中公文庫版『チャリング・クロス街84番地 本を愛する人のための本』（二二刷　二〇一六年一〇月）を底本とし、巻末に「「チャリング・クロス街84番地」その後」を増補、改題した。
一、本文中、今日の人権意識に照らして不適切な語句や表現が見られるが、訳者が故人であること、翻訳された当時の時代背景に鑑みて、そのままの表現とした。
一、本書中、「「チャリング・クロス街84番地」その後」は、二〇二一年三月一九日に著作権法第六七条第一項の裁定を受け収録したものである。

中公文庫

チャリング・クロス街84番地
——増補版

2021年4月25日　初版発行
2022年4月10日　3刷発行

編　著　ヘレーン・ハンフ
訳　者　江藤　淳
発行者　松田陽三
発行所　中央公論新社
〒100-8152　東京都千代田区大手町1-7-1
電話　販売 03-5299-1730　編集 03-5299-1890
URL https://www.chuko.co.jp/

ＤＴＰ　嵐下英治
印　刷　三晃印刷
製　本　小泉製本

Published by CHUOKORON-SHINSHA, INC.
Printed in Japan　ISBN978-4-12-207025-7 C1198

中公文庫既刊より

各書目の下段の数字はＩＳＢＮコードです。978 - 4 - 12が省略してあります。

あ-92-1
夜ふかしの本棚
朝井リョウ／円城塔
窪美澄／佐川光晴
中村文則／山崎ナオコーラ

六人の作家が心を震わせた五十九冊をご紹介。腹が立つほど面白い名作、なぜか苦手なあの文豪……夜ふかしを誘う魔法の読書案内。〈本にまつわるQ＆A付き〉

206972-5

い-35-23
井上ひさしの読書眼鏡
井上ひさし

面白くて、恐ろしい本の数々。足かけ四年にわたり新聞連載された表題コラム34編。そして、藤沢周平、米原万里の本を論じる、最後の書評集。〈解説〉松山　巖

206180-4

お-88-1
古本道入門　買うたのしみ、売るよろこび
岡崎　武志

古本カフェ、女性店主の活躍、「一箱古本市」……。いま古本がおもしろい。新しい潮流と古きよき世界を橋渡しする著者が、魅惑の世界の神髄を伝授する。

206363-1

か-2-6
開高健の文学論
開高　健

抽象論に陥ることなく、徹頭徹尾、作家と作品だけを見つめた文学批評。内外の古典、同時代の作品、そして自作について、縦横に語る文学論。〈解説〉谷沢永一

205328-1

く-28-1
随筆　本が崩れる
草森　紳一

数万冊の蔵書が雪崩となってくずれてきた。風呂場に閉じこめられ、本との格闘が始まる。共感必至の随筆集。単行本未収録原稿を増補。〈解説〉平山周吉

206657-1

こ-60-1
ひたすら面白い小説が読みたくて
児玉　清

芸能界きっての読書家として知られた著者が、ミステリーから時代小説まで和洋42の小説を紹介する。本を選びあぐねている人に贈る極上のブックガイド。

206402-7

さ-73-1
名作うしろ読み
斎藤美奈子

名作は〝お尻〟を知っても面白い！　世界の名作一三二冊を最後の一文から読み解く、斬新な文学案内。文豪たちの意外なエンディングセンスをご覧あれ。

206217-7

さ-73-2
吾輩はライ麦畑の青い鳥 名作うしろ読み
斎藤美奈子
名著の〝急所〟はラストにあり。意外と知らない唐突、納得、爆笑⁉な終わりの一文。世界の文学137冊をうしろから味わう型破りなブックガイド第2弾。
206695-3

す-24-1
本に読まれて
須賀敦子
バロウズ、タブッキ、ブローデル、ヴェイユ、池澤夏樹……。こよなく本を愛した著者の、読む歓びが波のようにおしよせる情感豊かな読書日記。
203926-1

に-21-1
本で床は抜けるのか
西牟田靖
「本で床が抜ける」不安に襲われた著者は、解決策を求めて取材を開始。「蔵書と生活」の両立は可能か。愛書家必読のノンフィクション。〈解説〉角幡唯介
206560-4

ま-17-14
文学ときどき酒 丸谷才一対談集
丸谷才一
吉田健一、石川淳、里見弴、円地文子、大岡信ら一流の作家・評論家たちと丸谷才一が杯を片手に語り合う。最上の話し言葉に酔う文学の宴。〈解説〉菅野昭正
205500-1

み-9-12
古典文学読本
三島由紀夫
「日本文学小史」をはじめ、独自の美意識によって古今集や能、葉隠まで古典の魅力を綴った秀抜なエッセイを初集成。文庫オリジナル。〈解説〉富岡幸一郎
206323-5

よ-5-9
わが人生処方
吉田健一
独特の人生観を綴った洒脱な文章から名篇「余生の文学」まで。大人の風格漂う人生と読書をめぐる随想集。吉田暁子・松浦寿輝対談を併録。文庫オリジナル。
206421-8

よ-39-7
金曜日の本
吉田篤弘
子どもの頃の僕は「無口で」「いつも本を読んでいた」と周りの大人は口を揃える――忘れがたい本を巡る断章と、彼方から甦る少年時代。〈解説〉岸本佐知子
207009-7

ウ-8-1
国のない男
カート・ヴォネガット
金原瑞人訳
戦後アメリカを代表する作家・ヴォネガットの、シニカルな現代社会批判が炸裂する遺作エッセイ。この世界で生きる我々に託された最後の希望の書。〈解説〉巽 孝之
206374-7

各書目の下段の数字はISBNコードです。978－4－12が省略してあります。

オ-1-2
マンスフィールド・パーク
オースティン
大島一彦 訳
貧しさゆえに蔑まれて生きてきた少女が、幸せな結婚をつかむまでの物語。作者は優しさと機知に富む一方、鋭い人間観察眼で容赦なく俗物を描く。
204616-0

オ-1-3
エ マ
オースティン
阿部知二 訳
年若く美貌で才気にとむエマは恋のキューピッドをきどるが、他人の恋も自分の恋もままならない――「完璧な小説家」の代表作であり最高傑作。〈解説〉阿部知二
204643-6

オ-1-5
高慢と偏見
オースティン
大島一彦 訳
理想的な結婚相手とは――。不変のテーマを、細やかに描いたラブロマンスの名作を、読みやすい新訳でおくる。愛らしい十九世紀の挿絵五十余点収載。
206506-2

オ-3-1
一杯のおいしい紅茶
ジョージ・オーウェルのエッセイ
オーウェル
小野寺健 編訳
イギリス的な食べ物を、貧乏作家の悲哀を、酔うことを、自然や動物を、失われゆく庶民的なことごとへの愛着を記し、作家の意外な素顔を映す上質の随筆集。
206929-9

ク-1-2
地下鉄のザジ 新版
レーモン・クノー
生田耕作 訳
地下鉄に乗ることを楽しみにパリを訪れた少女ザジ。ストで念願かなわず、街で奇妙な二日間を過ごす。文学に新地平を拓いた前衛小説。〈新版解説〉千野帽子
207120-9

シ-1-2
ボートの三人男
J.K.ジェローム
丸谷才一 訳
テムズ河をボートで漕ぎだした三人の紳士と犬の愉快で滑稽、皮肉で珍妙な物語。イギリス独特の深い味わいの傑作ユーモア小説。〈解説〉井上ひさし
205301-4

チ-1-3
園芸家12カ月 新装版
カレル・チャペック
小松太郎 訳
園芸愛好家が土まみれで過ごす、慌ただしくも幸福な一年。終生、草花を愛したチェコの作家チャペックによる無類に愉快なエッセイ。〈新装版解説〉阿部賢一
206930-5

テ-3-2
ペスト
ダニエル・デフォー
平井正穂 訳
極限状況下におかれたロンドンの市民たちを描いて、カミュの『ペスト』以上に現代的でなまなましいと評される、十七世紀英国の鬼気せまる名篇の完訳。
205184-3